Les Éditions du Boréal
4447, rue Saint-Denis
Montréal (Québec) H2J 2L2
www.editionsboreal.qc.ca

Un poignard dans un mouchoir de soie

DU MÊME AUTEUR

La Belle Épouvante, roman, Éditions Quinze, 1980 ; Julliard, 1981.

Le Dernier Été des Indiens, roman, Seuil, 1982.

Une belle journée d'avance, roman, Seuil, 1986 ; Boréal, coll. « Boréal compact », 1998.

Le Fou du père, roman, Boréal, 1988 ; coll. « Boréal compact », 2010.

Le Diable en personne, roman, Seuil, 1989 ; Boréal, coll. « Boréal compact », 1999.

Baie de feu, poésie, Écrits des Forges, 1991.

L'Ogre de Grand Remous, roman, Seuil, 1992 ; Boréal, coll. « Boréal compact », 2000.

Sept lacs plus au nord, roman, Seuil, 1993 ; Boréal, coll. « Boréal compact », 2000.

Le Petit Aigle à tête blanche, roman, Seuil, 1994 ; Boréal, coll. « Boréal compact », 2000.

Où vont les sizerins flammés en été ?, histoires, Boréal, 1996.

Le Monde sur le flanc de la truite. Notes sur l'art de voir, de lire et d'écrire, Boréal, 1997 ; coll. « Boréal compact », 1998 ; L'Olivier, coll. « Petite Bibliothèque américaine », 1999.

Des nouvelles d'amis très chers, histoires, Boréal, 1999.

Le Vacarmeur. Notes sur l'art de voir, de lire et d'écrire, Boréal, 1999.

Le Vaste Monde. Scènes d'enfance, nouvelles, Seuil, 1999.

Monsieur Bovary ou Mourir au théâtre, théâtre, Boréal, 2001.

Un jardin entouré de murailles, roman, Boréal, 2002.

Iotékha', carnets, Boréal, 2004 ; coll. « Boréal compact », 2009.

Que vais-je devenir jusqu'à ce que je meure ?, roman, Boréal, 2005 ; Seuil, 2006.

Espèces en voie de disparition, nouvelles, Boréal, 2007.

Un cœur rouge dans la glace, nouvelles, Boréal, 2009.

Le Seul Instant, Boréal, 2011 ; coll. « Boréal compact », 2013.

Sept oiseaux, mon père et moi, Le Sabord, 2012.

Un jour, le vieux hangar sera emporté par la débâcle, roman, Boréal, 2012.

C'est le cœur qui meurt en dernier, récit, Boréal, 2013 ; coll. « Boréal compact », 2014.

À l'état sauvage, roman, Boréal, 2015.

Le Petit Voleur, roman, Boréal, 2016.

La Liberté des savanes, carnets, Boréal, 2017.

Robert Lalonde

Un poignard dans un mouchoir de soie

roman

Boréal

Dépôt légal : 3e trimestre 2018
Bibliothèque et Archives nationales du Québec

Diffusion au Canada : Dimedia
Diffusion et distribution en Europe : Interforum

Catalogage avant publication de Bibliothèque et Archives nationales du Québec et de Bibliothèque et Archives Canada

Lalonde, Robert, auteur

Un poignard dans un mouchoir de soie / Robert Lalonde.

ISBN 978-2-7646-2551-4

I. Titre.

PS8573.A383P64 2018 C843'.54 C2018-941751-X

PS9573.A383P64 2018

ISBN PAPIER 978-2-7646-2551-4
ISBN PDF 978-2-7646-3551-3
ISBN ePUB 978-2-7646-4551-2

À la chère mémoire de Roch.
Et pour Simon.

It takes strength to remember. It takes another kind of strength to forget. It takes a hero to do both.

JAMES BALDWIN

Toute vie a une façon incompréhensible de toucher au réel que l'explication défigure.

JEAN FOLLAIN

Premier acte

Je veux regarder vos yeux. Ne bougez pas. Je vais vous regarder.

DOSTOÏEVSKI, *L'Idiot*

Contrairement à la vieille folle de son rêve qui, nuit après nuit, ânonne son texte comme une débutante, erre de fauteuil en fauteuil et mouille son corset à le tordre, elle a strictement prononcé toutes ses répliques, n'omettant qu'un *nonobstant* et qu'un *sempiternel* que par ailleurs elle juge maladroits et superflus. Pour la dernière scène, elle s'est sagement placée – de profil, vu son âge – sous le rayon bleu du projecteur qui, elle le sait, lui sculpte un assez beau masque funéraire. Puis elle a dignement expiré, les reins en charpie, au creux de l'inadmissible divan de cuir, côté cour.

Elle est seule dans le hall, étant toujours la dernière à quitter le théâtre, en compagnie de la petite placeuse au visage de fouine et à la curiosité perverse qui lui grimace immanquablement, soir après soir, un sourire tordu de starlette injustement dédaignée. Comme la veille et l'avant-veille, la fille lui susurre :

— J'ai vu la fin de la répétition, Irène. Vous êtes drôlement en forme pour une femme de… enfin… de…

— Soixante-seize ans, ma chérie ! Tu veux que je t'écrive le chiffre sur un bout de papier ? Comme ça tu pourras non seulement t'en souvenir, mais le montrer à toutes tes petites camarades du conservatoire.

Voilà que brusquement une sorte de pitié la saisit devant le visage chagrin de la petite. Ma Lady Macbeth est loin, trop loin derrière moi, ma passion de revanche s'est lâchement dégonflée, je vieillis, j'oublie. L'enfant se fend d'une risette de gamine indûment punie et voilà qu'elle revoit l'ange de la crèche, celui de l'église de son enfance, qui souriait tristement, opinant de sa belle caboche blonde, quand elle introduisait dans la fente de sa fontanelle la pièce de dix sous que son père lui avait, en grognant, glissée dans la paume. Fais-moi glorieuse, bel ange blond, et je serai éternellement sage. Pourquoi diable est-ce que j'oublie à peu près tout sauf ces vieilles balivernes là ?

Elle sort du théâtre en coup de vent. Le soir de mai est rose et gris. Elle respire amplement, écoutant craquer sa côte fêlée. Elle est tombée, il y a trois jours, d'une plate-forme mal arrimée. Le jeune premier a accouru, mais trop tard : elle s'était relevée, reine qui en a vu d'autres, entamant la dernière scène avec une émotion inhabituelle mais tout à fait convenable. Mais la douleur la martyrise à feu doux, surtout la nuit, comme si le mauvais rêve ne suffisait pas.

Elle fait vingt pas malaisés sur le trottoir, tourne l'angle du bâtiment et l'aperçoit, sous un réverbère qui brusquement s'allume juste comme il lui envoie la main. Sa capuche lui dissimule le visage, mais elle sait qu'il sourit, qu'il lui sourit. Elle dit :

— Je le savais. Je savais bien que tu me reviendrais.

* * *

Dans son petit panier, un mince filet de saumon, deux tomates, un oignon, une boîte de biscuits sans sucre et un carton de lait écrémé. Si Romain enfile une à une les allées du supermarché, c'est bien sûr pour passer le temps, mais aussi pour voir. On invente sans cesse de nouveaux produits, trucs et bidules de toutes sortes, dont il s'amuse à deviner l'improbable usage qu'on pourrait en faire. À quoi peut bien servir cette énorme brosse aux crins multicolores, inexplicablement munie de deux manches ? Pourquoi et surtout comment enfile-t-on cette étrange bâche de minou rose sur le siège de la toilette ? Que permet de récurer ce savon à vaisselle dit sans cholestérol ? Il tâte du bout des doigts trois mystérieux cubes blancs et spongieux, protégés par un film transparent. Fromage ? Tampons saponifiés ? L'étiquette dit : tofu. Comment doit-on prononcer l'appellation facétieuse et surtout que promet-elle au juste ? Tirant de sa poche le petit opinel qu'il ne manque jamais de traîner partout où il va – on ne sait jamais, on s'en est pris à lui le mois dernier, dans la ruelle derrière la maison des Griffith –, il entreprend de fendiller, oh ! très modérément, la pellicule de plastique. Pour se donner l'air de rien, il fredonne une de ces mélodies sans air qui, autrefois, amusaient tant sa femme. Et, comme il fallait s'y attendre, Marguerite surgit. À tout le moins sa voix, ironique et chantante, comme chaque fois qu'il faisait, disait-elle, le gamin. Il passe outre avant que ne s'ouvre de nouveau sous lui ce qu'il appelle le piège, cette espèce d'abîme où cherche à le précipiter la cruelle absence de Marguerite, et il s'acharne de plus belle, ahane, grimace – sa moustache blanche en brosse lui chatouille les narines –, quand il entend derrière lui :

— Pas de grosse épicerie ce matin, professeur ? Tu négliges tes chers démunis !

— Dis donc, où t'étais passé, toi ?

Pourquoi donc Romain a-t-il les larmes aux yeux quand le garçon approche du sien son beau visage d'apôtre des faubourgs ?

* * *

Romain avait fait sa connaissance trois semaines plus tôt, début avril, sur le parvis d'une église du Plateau. Sur les épaules de six porteurs – trois fils et trois neveux – sortait par la grande porte le cercueil de son vieil ami Jean-Louis, soixante-dix-huit ans, emporté par un cancer qui n'en finissait plus, quand il avait aperçu le garçon, encapuchonné et grelottant, un genou sur la marche la plus basse du grand escalier, la main tendue comme un blessé réclamant secours. Il le voyait pour la première fois, et voilà que le chagrin de la disparition de son ami n'était plus qu'un rêve vacillant. Un soleil précoce, chaud comme une bouffée des tropiques, faisait au garçon une aura de saint de vitrail. Il avait dévalé les marches comme un jeune homme en retard à un rendez-vous capital et avait offert au garçon non pas une pièce, mais son bras. Le garçon s'était relevé avec une lenteur de fantôme, tirant fort sur le bras du vieil homme, de noir vêtu des bottes au chapeau, qui l'abordait comme un ange empressé. Romain lui avait mis la main sur l'épaule et alors le regard de pourchassé du garçon lui avait arraché un cri sourd comme s'il avait eu mal. Il avait brusquement étreint le garçon comme ce fils perdu et retrouvé qui surgissait parfois dans ses rêves.

Il l'entraîna sans savoir pourquoi, ni quel chemin prendre, ni vers quelle destination mettre le cap. Dans la voiture, ni l'un ni l'autre n'articula le moindre mot. Ne leur entrait dans les oreilles au passage que le clapotement cristallin du ruisseau en débâcle le long du trottoir et, déjà loin derrière eux, le tintamarre des cloches. Jamais Romain n'avait si promptement obéi à un commandement qu'il n'avait pas même entendu.

Il arrêta la voiture devant son café familier, rue Laurier. Ils y entrèrent tous deux et, toujours en silence, gagnèrent la table du fond, où ils prirent place face à face, Romain sur la banquette, le garçon sur une chaise. D'une voix susurrante qu'il ne se connaissait pas, le vieil homme dit :

— Baisse ta capuche que je voie ton visage.

Le garçon obéit comme on obtempère en songe, sans même se demander pourquoi sa prudence coutumière lui faisait subitement faux bond. Romain vit qu'il était très beau, mais d'une beauté qui semblait le rendre triste à mourir. Trois anneaux brillaient au lobe de son oreille gauche et une espèce d'épine de porc-épic lui traversait une aile du nez. L'émouvant regard vert oscillait sans se fixer nulle part, puis revenait sur lui, ardent et énigmatique comme celui d'une bête qui va soit montrer les crocs, soit se coucher et réclamer des caresses. Il me dévisage comme… comme… Romain n'eut pas le temps de jongler plus avant car le garçon lança tout à trac :

— Je couche pas.

— Moi non plus.

Le garçon grimaça un rictus de doberman, puis hocha la tête, l'air de dire : décati, mais pas con.

— Comment tu t'appelles ?

— Je m'appelle jamais, j'sais pas où j'suis. Mais y en a qui me nomment Jérémie.

— Ce n'est évidemment pas ton nom de baptême.

— *Why not ?*

Ça s'annonçait ardu, compliqué. Avec lui, le langage allait bifurquer, déraper. Il fallait s'y attendre, mais qu'à cela ne tienne. La perverse réalité exige parfois qu'on contourne, déjoue, finaude. Qu'importe, je tente ma chance, vaille que vaille.

— Tu étudies ?

— Pff ! Fini, tout ça !

— Tu vis chez tes parents ?

Un tiers renâclement, un tiers rire, un tiers expectoration. Romain tendit son mouchoir, que le garçon agrippa comme s'il s'agissait d'un billet de dix dollars à vite fourrer au fond d'une des nombreuses poches de sa veste de déserteur, se moucha bruyamment et posa le mouchoir sur la table, où il se déplia dans un ralenti de fleur qui s'ouvre au cinéma.

— Ça te dirait de venir m'aider ?

— À quoi faire ?

— Si je te le dis, tu vas m'envoyer paître.

— J'envoie pas chier ceux qui savent mettre la main à leur poche.

— Tiens, ta première phrase complète et étonnamment compréhensible !

— J'parle comme j'parle. Faut faire avec.

— Je ferai, je ferai, Jérémie. On y va ?

— Qui me dit que tu m'amènes pas au poste ?

— Moi. Moi, je te le dis. Et puis, au poste, je t'y emmènerais pour quel motif ?

— Tu chauffes encore à, combien, soixante-dix ans ?

— Quatre-vingt-un, mon garçon.

— Wow ! Vous les faites pas pantoute, le père !

— T'as donc pas cru à ce qu'on disait de moi dans le journal de ce matin ?

— Que c'est ?

— Pluvieux mais toujours chaud !

— Han ?

— Plus vieux et toujours chaud.

— C'est censé être comique ?

— Censé, c'est vite dit. Alors, on y va ?

— Ah pis d'la marde, pourquoi pas !

— À la bonne heure !

Dans la voiture, ils causèrent peu. Le soleil brillait. L'air qui entrait par les fenêtres ouvertes sentait la sève et le gravier mouillé. Le garçon s'endormit vite, les bras croisés sur sa poitrine qui enflait et désenflait comme la poche d'une cornemuse.

Une voix en lui marmonnait : tu l'emmènes avec toi sans savoir, vieux fou. Pourquoi ? Est-ce le fracassant contraste entre le vif éclat de sa jeunesse et la mort affligeante de ton ami, prophétisant la tienne ?... Peut-être. Mais il y a plus... Oh, Seigneur, non, pas ça, pas maintenant !...

* * *

Avec Irène, ce fut à la fois moins ingénu et plus poignant. Le théâtre propose toujours un réel invraisemblable et plus vrai que nature. L'actrice personnifiait alors, dans une pièce qualifiée par l'auteur de postmoderne, librement adaptée d'un scénario de film norvégien, une mère possessive et névrosée qui ne paraissait qu'au tout début et à la toute fin du drame, refusant d'abord à sa fille une tendresse réclamée à hauts cris et finalement lui avouant, larmes à l'appui, le motif de ce que le dramaturge nommait rapidement, dans le programme, son incompétence à éprouver l'amour inconditionnel d'une mère comme les autres. Il s'agissait de ce qu'il est convenu d'appeler un rôle de soutien. En fait, elle ne soutenait ni le texte ni sa partenaire, mais bien le ton, dans cette salle sourde comme un bunker militaire. Le long intervalle entre ses deux scènes autorisait Irène à se rendre sur le débarcadère du décor, à l'arrière du théâtre, pour en griller une. Elle ne se permettait ce péché que lorsqu'elle n'était pas elle-même – ce n'était pas elle mais le personnage qui mettait alors sa santé en péril. Son médecin haussait les épaules et fermait les yeux. À l'occasion, le jeune acteur qui jouait le fils ingrat du drame l'accompagnait, déclarant en riant que l'effroi de l'échec, tout comme l'euphorie du succès, n'était supportable qu'avec un peu de boucane.

Mais ce soir-là elle était seule sur la plate-forme de ciment, dans son costume de mère ingrate – un deux-pièces gris fumée au corsage trop ajusté, qui paraissait provenir de la friperie du coin, et, négligemment jetée sur ses épaules, une étole de faux vison qui sentait le camphre. Il faisait noir comme sur la scène entre deux tableaux, dans ce qu'elle appelait le fessier du théâtre et où souvent de jeunes itinérants se posaient pour la nuit, avec armes et bagages, c'est-à-dire bouteilles, sacs de couchage et parfois un chien tenu en laisse par le chef de la petite meute, colorée et silencieuse comme un campement de Touaregs. Ils apparaissaient, disparaissaient et réapparaissaient sans qu'elle puisse deviner d'où ils venaient et où ils allaient. Certains soirs mélancoliques où son métier lui semblait routinier, redondant jusqu'à l'absurde, elle enviait leur liberté de beaux animaux hirsutes que ne semblait pas effrayer la perspective d'une douteuse survie dans la jungle d'une ville qui, elle le savait, ne faisait de cadeaux à personne. Elle ne leur parlait pas, les observait de biais, rêvait une petite éternité – sans oublier de compter les minutes afin de ne pas rater sa prochaine entrée en scène – à ce qu'aurait peut-être été sa vie si elle avait eu le courage ou l'insouciance de suivre celui qu'elle nommait autrefois son gitan, le grand diable échevelé et fougueux de ses dix-sept ans qui promettait d'enlever la princesse captive qu'elle était pour lui faire connaître la vraie vie, l'empoignant sauvagement, son regard de dompteur lui brûlant les prunelles.

Cependant, ce soir-là, la petite troupe de bohémiens n'y était pas. Elle soupira comme si l'errante, l'abandonnée, la rôdeuse, c'était elle et que plus rien de beau, de bon, enfin, d'exaltant ne l'attendait plus nulle part au monde. Allumant son briquet, elle distingua une silhouette accroupie sur sa gauche. Elle s'avança, la flamme au bout de son bras tendu. C'était un beau jeune homme barbu qui leva sur elle deux grands yeux d'ange taciturne qui aussitôt lui arrêtèrent le cœur. Elle poussa un petit cri pour la forme – jamais elle ne négligeait de jouer l'abasourdissement, qui pouvait mener à elle ne savait quelle aventure, en laquelle par ailleurs elle ne se laissait pas aller à croire tout à fait – qui fit sourire le garçon. La flamme du briquet s'éteignit et, dans la nuit qui suivit, elle l'entendit se lamenter en sourdine – on aurait dit le gémissement d'un enfant puni, ou encore la plainte d'une bête blessée qui quêtait tendresse. Elle se pencha sur lui et vit qu'il tremblait comme un arbuste dans la bourrasque. Il tendit un bras oscillant, ouvrit le poing : au creux de sa paume était nichée une seringue à demi remplie d'un liquide incolore comme de l'eau. Et il marmonna :

— Chu pas capable, j'tremble trop…

Ainsi donc c'était ça, c'était bien ça, ce n'était que ça. Il s'agissait d'un autre encore de ces jeunes accros en dérive qui n'attendaient d'elle qu'un secours d'infirmière. Soit, charitablement, elle s'exécuterait. La douleur lancinante du manque, elle connaissait. Elle attrapa d'une main le poignet trépidant et de l'autre le foulard qui pendouillait au cou du garçon, qu'elle noua à son bras d'une main étonnamment efficace, serrant le nœud et hochant autoritairement la tête, sans lâcher le regard éperdu du jeune homme et n'oubliant pas une seconde d'éviter que du sang gicle sur son costume, ce qui aurait paru inexplicable, malgré le presque meurtre de la toute dernière scène de la pièce. Il s'exécuta à son tour, très vite et comme déjà apaisé par la drogue qu'il s'injecta en soufflant comme la bête malade qu'on euthanasie, dardant dans les siens deux iris de mourant. Puis ce fut de nouveau la nuit, le chant lancinant d'une sirène et enfin un silence bienfaisant comme autrefois l'accalmie après l'amour. Le garçon tomba à la renverse sur le ciment. Elle en était à douze minutes au compteur infaillible comme un second cœur mécanique et prodigieusement précis qu'elle hébergeait tout à côté du vrai. Elle se releva, épousseta sa jupe de mère acariâtre, marcha jusqu'à la porte de fer rouillé et s'arrêta comme si elle avait oublié quelque chose. Son paquet de cigarettes ? Son briquet ? Son âme ? Elle fit volte-face, le souffle coupé. Le jeune garçon, sa victime, son réchappé, la dévisageait avec cette tendresse d'enfant sauvé qui la força à articuler, empruntant la voix qu'elle prenait parfois pour tenter d'épeler l'émotion inavouable et qu'au théâtre on appelle *whisky voice* :

— La pièce finit dans moins d'une demi-heure. Attends-moi ici. Et dors, tu en as besoin.

Pour la toute première fois, elle versa des larmes abondantes et chaudes dans la scène finale, stupéfiant sa partenaire qui avala sa dernière réplique, un *trop tard, maman* qui ne se rendit pas au cinquième rang.

* * *

Quand la voix en lui chuchote : c'est comme ça et pas autrement, il acquiesce sans rechigner et nomme destin son inexplicable erre d'aller. Tout a déjà eu lieu et se répète infiniment. Rien n'a vraiment commencé et pourtant tout continue. Ça arrive de partout, ça ne va nulle part. La conjoncture date d'avant sa naissance, cette confusion, ce désordre, ce que le zombie du film d'hier soir à la télé, dans le bar où il a achevé la soirée, nommait l'erreur fondamentale. Ses yeux se sont fermés sur ces mots-là, en grosses lettres dégoulinantes, sur le mur noir de sa chambre. Il a oublié et pourtant il sait que c'est lui qui a torché cette épigramme sanglante. Il reconnaît le rouge carmin de sa boîte de couleurs. La pâte était sèche, on aurait dit de la vieille crotte de chat, il avait dû la passer longtemps sous le robinet, ce faisant imitant la voix du zombie : *Je suis le fils de l'erreur fondamentale.* Trop bu, trop fumé, je suis gothique et glauque, mal au cœur, tête à l'envers.

— C'est comme ça et pas autrement, tabarnak à marde !

Le blasphème le raplombe. Un rayon de soleil traverse la pièce. C'est et ce n'est pas une chambre. C'est un lieu, un endroit, une planque, épouvantable et banale, c'est ici et en même temps c'est ailleurs, c'est chez moi et c'est chez le diable. Non, ne pas penser comme ça ! Le vieux m'attend, il est quelle heure, où est passée ma montre ? C'est vrai, stie, je l'ai glissée dans la poche de tablier de ce barman à la con, tout en os et en grimaces, en échange de je sais plus quelle térébenthine délayée dans du pamplemousse avarié. Non, la viande est avariée, mais le fruit est talé ou pourri. Ils se doutent pas, ils ignorent ma fréquentation obsédée du dictionnaire, ils me croient tous crétin, les zombies. J'en rirais aux larmes si j'avais pas la tête comme un tambour fessé par un ti-cul enragé. Surtout ne pas emmener pépère ici dedans, des plans pour qu'il claque, que son vieux cœur pète au frette. On a rendez-vous, mais où donc ? L'erreur fondamentale, réfléchis un peu ! Ça va me revenir. Un café d'abord. J'ai les moyens ? La grande horloge au-dessus du comptoir à muffins, au Starbucks du coin, m'enseignera s'il est trop tôt ou trop tard, pas la peine de jongler à m'en faire péter les neurones.

Il sort, claquant la porte de son antre de démanché. Si mon don de barbouilleur ne m'avait pas fui, comme tout le reste, le frisson du beau, l'orgueil de vaincre, la fierté de tromper, ce qu'ils appellent le talent, ces tas de marde, je partirais par les soirs bleus d'été dans les sentiers, picoté par les blés, fouler l'herbe menue, comme l'écrit le poète. Ou encore, le chevalet sur l'épaule, les poches pleines de couleurs, comme un Van Gogh désuicidé, ignorant que ses astres tournoyants finiraient un jour sur des tasses à café, des taies d'oreillers, des boîtes à lunch… Non, ne va pas par là, erreur fondamentale ! C'est comme ça et pas autrement…

Il s'arrête pour allumer la dernière cigarette qui lui reste et qui repose entre sa peau et sa chemise, où l'a glissée il ne sait plus quel type soûl, hier soir, dans cette allée du parc qu'il connaît mieux, hélas, que le fond de sa poche. Non, ne va pas par là non plus, erreur fondamentale ! C'est fini, c'est peut-être fini, tout ça, les billets de vingt froissés dans mon poing, la nausée, leurs dos tournés un coup leur *fun* pris comme un *shoot*…

Il fume et il oublie, et puis il fait presque beau, ce matin. Il chantonne :

> Entre l'art et l'amour
> entre l'oppresseur et l'oppressé
> il y aura toujours une cigarette…

C'est de qui ? Peut-être de moi ? M'étonnerait, mais va savoir ! Il me reste donc des bribes encore de ces jaillissements qui enivraient mes seize ans ? Des trucs comme : la révolution est paranoïaque et carnivore comme un tigre mal dompté. Stie, onze heures ! Au diable mauvais café et muffin rance, pas le temps, le vieux m'espère ! Ah, ça me revient, coin Saint-Denis et Bellechasse ! Vêtir les nécessiteux, nourrir les faméliques, le dada du vieux, défoulement généreux ou générosité défoulante, c'est selon. Selon qui, selon quoi ? Cosse ça peut ben faire ? Le décati a promis de me slaquer de quoi payer une semaine au proprio, l'édenté inculte et vorace. Sans doute le vieux me répétera encore, les yeux au ciel et la main sur le cœur : faire la charité, c'est pas une sinécure ! Et moi, erreur fondamentale, je répliquerai de nouveau :

— C'est comme ça et pas autrement !

— C'est à moi que vous dites ça, jeune homme ?

— Ouais, c'est sûr ! Même si c'est loin d'être de vos affaires !

Jolie, la fille ! Et puis il fait si beau soleil, la zigoune est un brin râpeuse mais délicieusement toxique. Alors il lui lance :

— Pardon, mademoiselle. C'est que je sais pas pourquoi je dis ce que je dis, fais ce que je fais. Ni avec lui ni avec elle. Vous comprenez ?

— Absolument pas. Je devrais ?

— Absolument pas. Dites donc, z'auriez pas un petit huard pour l'erreur fondamentale qui doit sauter dans le métro pour se rendre coin Saint-Denis et Bellechasse afin de faire la charité ?

Elle éclate de rire, puis ouvre son sac et c'est comme si le printemps arrivait pour de bon.

— Merci mille fois !

— J'y peux rien, t'es irrésistible. T'as quel âge ?

— Tu m'en donnes ?

— Dix-huit, dix-neuf ?

— Ha ! Ha ! Ha !

— Quoi ?

— J'en aurai trente, pas plus tard que la semaine prochaine !

— Pas vrai !

— Je sais, c'est l'horreur. Salut !

— Salut, beauté !

— Le pire est peut-être derrière moi, sait-on jamais.

— Je te le répète, t'es irrésistible !

C'est ce que lui a murmuré Irène, hier, à la brunante, du haut de son balcon, avant de lui souffler un oiseau-baiser qu'il a cueilli de la main comme une fleur, une fleur d'une espèce inconnue. Irrésistible ? Elle en a de bonnes, la généreuse !

* * *

— T'es venu, c'est gentil.

— Si je te dis que c'est pas moi mais mon fantôme, ça va-tu faire pareil ?

— J'suis content.

— Pourquoi ?

— Si je te réponds que j'en sais rien, est-ce que ça va t'insulter ?

— Pas un pli sur l'indifférence !

— J'aime ton humour.

— Ça t'en prend pas gros, à toi, hein ?

— On dirait que t'as du sang sur les mains.

— Ah, ça ? Ben oui, j'ai zigouillé mon proprio hier soir. T'as pas lu le journal, ce matin ? Rien qu'un entrefilet, comme de raison, avec photo floue et trois fautes d'orthographe.

Le vieux rigole. Il est tout guilleret. Le petit café italien est inondé de soleil, le cappuccino stupéfie plus que convenablement. Décidément, la vie est une chierie qui vire en mignon joli mensonge comme le fou change d'idée. J'aurais dû prendre une douche, ce sang sur mes mains, erreur fondamentale. Quoi que je fasse, je laisse toujours des traces.

— On va où ?

— En Afrique.

— Tu me dis pas !

— Une petite famille congolaise. Abawassou ou Abouwana, je ne me rappelle jamais. Ils parlent swahili, mais aussi français.

— Genre pas question de faire une partie de scrabble avec vos bronzés.

— On ne dit pas…

— Ouais, je sais. Mais avoue que gens de couleur, ça fait pit-pit. On dirait le slogan débile d'un magasin de peinture en bâtiment.

Le vieux se fend d'un large sourire révélant une rangée de dents trop blanches pour son âge. Comme de raison, une prothèse. Qui donc, en ce bas monde cinglé et à notre époque salope, n'est pas bardé de ridicules remplacements clinquants de toutes espèces ? Comme le disait le poète que brièvement je fus : sommes fossilisés pour des temps qui ne viendront jamais, ou quelque chose comme ça. Hier soir, tout le poème m'est venu tout seul et je l'ai récité à Irène, sans reprendre mon souffle. J'oublie. J'oublie tout, ou presque.

— Nous avons cessé d'être profanes… Non ! C'est pas ça !

— Qu'est-ce que tu marmonnes ?

— Rien, des vieux mots, peut-être de moi. Des fois, ça remonte, faut pas… Ça sort tout seul pis ça s'en retourne. C'est comme ça et pas autrement.

— C'est comme ça et pas autrement. J'aime bien.

— Ouais ?
— On y va ?
— *As you like it !*

*   *   *

Nous revenons de tous les âges chirurgiens extatiques les mains au mal de l'homme nous avons cessé d'être profanes

L'encre est couleur rouge sang. Elle frissonne. Ces mots-là sont de lui, elle en est sûre. Il est de lui, ce poème à la fois ravageur et compassionnel. Une carte mortuaire – croix violette enguirlandée de roses blanches, deux dollars quatre-vingt-quinze, pharmacie Jean Coutu, où l'on trouve de tout, même un ami. Pas de doute, c'est lui.

Elle fourre la carte dans son sac et dévale l'escalier coupe-jarret comme majesté descendant au jardin. La vie le fait-elle exprès ? Elle s'en va prêter sa voix à une revenante, au studio de doublage. L'enfant a bien raison, je reviens de tous les âges. La nuit dernière encore j'ai rêvé que j'avais oublié où j'étais et même qui j'étais et ce matin voilà que j'oublie que j'ai oublié. Peu importe, il fait si beau. Je vais à pied. Je le reverrai. Je ne sais ni où ni quand, mais je le reverrai. En attendant, allons faire la morte. Allons faire semblant, on sait comment.

* * *

Chez les Griffith, il n'avait pas pipé mot, s'était contenté de vider les sacs, de déballer la marchandise, de ranger dans le frigidaire viande, fruits et légumes, dans l'armoire pots de confiture et boîtes de conserve, marmonnant sous cape : steak passé date, petits pois ratatinés, chips émiettés, ouais, le *snack, thank you* Maxi ! Il avait tiré une chaise jusqu'à la fenêtre et regardé un dernier banc de neige noire, au fond d'une petite cour ceinte d'une palissade de bois pourri, où agonisaient deux transats aux appuie-bras déglingués et roulait un ballon d'un bleu délavé que le vent seul poussait. Romain palabrait, un calembour n'attendait pas l'autre, son zèle lui faisait pitié. Il y allait d'un conseil par-ci, d'une mise en garde par-là, souriant à se déchirer les babines. Ces pauvres vieilles gens s'esclaffaient, branlant la tête, les yeux fermés, comme on fait quand le cœur n'y est pas trop.

Mais, ce matin, chez les Abouwana, c'est une autre affaire. Il y a de vrais sourires tristes, de grands yeux doux dans la nuit de très beaux visages. Et, surtout, il y a des enfants, un petit garçon, une petite fille qui, tout de suite, l'un par-devant, l'autre par-derrière, se lancent sur lui, gazouillant dans un sabir chantant. Quelque chose en lui se disloque et un commencement de larmes lui pique les narines. Brusquement, surgi de plus loin que ses plus anciens souvenirs, l'impétueux désir de dessiner. D'une voix à la fois voilée et téméraire, il réclame papier et crayon, qu'on lui cherche et lui trouve. Ces enfants-là, pas de doute, en ont vu d'autres. Leur donnant deux tendres poussées, qui leur arrachent des petits cris de mulots, en direction du divan défoncé, il les fait s'asseoir. Les enfants lui obéissent comme à saint François d'Assise les oiseaux. Il charbonne d'abord du plat de la mine les deux fronts nuiteux. Sérieux comme des petits papes, les gamins le dévisagent comme s'il était détenteur d'une magie insoupçonnable. Il avait presque oublié, et voilà que mystérieusement ça lui est redonné : l'insouciance et l'emportement, la distance et le rapprochement, le sortilège de la main besognant toute seule, chassant le temps, bannissant plate usure, méchantes habitudes et sépulcrales jongleries, escamotant les autres corps, les autres voix, le triste décor. Il en est à profiler l'orbe aubergine d'une épaule quand Romain, baguette de pain dans une main, bouquet de céleri dans l'autre, apparaît devant lui. Aussitôt la feuille se tord dans son poing. Le garçon grimace comme s'il avait subitement mal quelque part. La fillette s'ébroue comme chatte tombée dans l'étang. La maman s'approche, bras ballants, tête sur l'épaule. Et Romain grommelle, les sourcils tout en haut du front :

— Pourquoi t'as froissé ton dessin ?

— Besoin de partir un feu, fait frette ici dedans.

Et voilà qu'en sauvage il fausse compagnie à la petite famille et à Romain qui crie son nom dans le couloir, dévale quatre à quatre l'escalier. Avant, ça voulait pas marcher, c'était trop tôt. Astheure que ça veut, c'est trop tard. Quelle chierie !

Les visages commencés sont là, taponnés bien vivants au fond de la poche de sa veste de soldat. Franchement, crétin, t'aurais pu trouver mieux ! Du feu dans une cuisine sans poêle !

* * *

— Jamais tu n'apparais tel que tu étais la dernière fois.

— C'est vous qui oubliez.

— Non, pas ça, pas l'oubli, je t'en prie ! C'est plus grave, plus affreux que tu le crois.

— Que vous dites.

— Que je dis. Non, simplement tu es changeant. Tu es tour à tour charmant, ombrageux, sérieux, volage, funèbre tout à fait, puis allumé à feu doux comme un amoureux incertain et je pourrais continuer longtemps comme ça…

— Bipolaire, schizophrène, paranoïaque, atteint du syndrome d'Asperger, de celui de la Tourette, vous gênez pas ! Au moins sept docteurs ont tenté d'exorciser tous ces démons-là sans en venir à bout.

— Vraiment ? Mais ça ne te blesse pas au moins que je… ?

— Pantoute. Juste entendre, écouter votre voix, c'est le pied !

Il brandit haut l'ombrelle d'Irène, dais destiné à protéger l'idole nouvelle. Il fait très beau. Les arbres sortent de la mort, les mecs sont en bedaine, les filles sont allongées sur la pelouse, bras et jambes écartés comme des crucifiées heureuses.

— Vous avez froid. Vous frissonnez.

— Ce n'est pas le froid. On va par là ?

Il se braque comme chien qui chasse, crinière hérissée, poings serrés. Dans ce sentier, il n'y a pas dix jours, il s'agenouillait pour…

— Non, plutôt par ici. Voyez, y a un banc tout sec, tout propre qui nous attend.

— J'aime ce parc, ses grands arbres, les bancs libres…

— … et les romans de Marguerite Duras.

— Pourquoi tu dis ça ?

— Pour vous, la passion, la vraie, elle est dans les paroles.

— À mon âge…

— Vous avez toujours été comme ça, c'est pas une question d'âge. Simplement, vous oubliez.

— Arrête avec l'oubli, c'est insupportable !

Mais c'est vrai que j'aime bien Marguerite Duras. Tu l'as lue ?

— Non. Mais l'autre soir, un de ses bouquins dépassait de votre sac. Je suis allé sur YouTube. Méchant hibou, la madame ! Quelqu'un écrivait à son propos, à propos de son écriture : pour elle, la passion, le désir doivent d'abord passer par la parole.

— C'est vrai… C'est étrange, un moment tu articules *exorciser, bouquin, schizophrène* comme un doctorant en littérature et le moment d'après…

— C'est *fuck, chierie, tabarnak à marde, foncez tous dans le mur, gang de malades* !

Elle sourit, ses dents comme perles qui brillent.

— Tu ne sais rien de moi et pourtant…

— Et pourtant je vous aime.

— Ne dis pas ça.

— Pourquoi pas ? C'est comme ça et pas autrement. Et puis qu'est-ce que j'en sais ? On parle, l'oiseau s'envole, quelque part on se tape dessus, le sang coule, le soleil s'en crisse, la terre tourne, à l'envers, mais elle tourne, tourne, avec nous tous dessus, erreurs fondamentales…

— Mais de quoi tu parles ?

— Rien. J'ai oublié.

— Encore l'oubli ? Mais c'est du sadisme !

— J'ai oublié tout à l'heure d'ajouter *sadisme* à la liste de mes pathologies.

— Redonne-moi mon ombrelle que je te tape sur la tête.

— Allez-y franchement, ça va peut-être me faire oublier pour de bon.

— Mais, oublier quoi ?

— Le… le désamour.

Elle n'en fait rien. Elle attend. Il attend. Puis il lui prend la main. Elle dit :

— Où t'étais disparu ?

— Han ?

— T'as été absent plusieurs semaines.

— Absent ?

— Ne fais pas l'idiot.

— Mais je suis idiot.

Elle hausse les épaules, l'air tout à fait perdue, puis brusquement se ragaillardit, comme sous l'effet d'un coup.

— Aujourd'hui, tu n'as pas ton épine au nez !

— Épinoné ?

— Le truc, le machin, le clip, l'aiguille ! Je ne sais pas comment tu appelles ça.

— Mes *piercings.* Non, pas aujourd'hui.

— Pourquoi ?

— L'autre soir, je vous ai égratigné la joue.

Souriant comme une très jeune femme, elle lève la main, veut effleurer sa joue, mais il la devance et caresse la peau douce comme le velours d'une pêche. Elle murmure :

— Je suis vieille.

— Eh oui !

— Ne ris pas, si tu savais ! Et puis tu verras à ton tour, ça vient vite, la décrépitude.

— Suffit ! Assisez-vous, slaquez un brin. Je vais au café. Un sucre, deux laits, c'est bien ça ?

— Oui.

— Voyez, y en a qui oublient, d'autres non. C'est comme ça et pas autrement.

Cette fois il a droit au coup de parasol. Il ne bronche pas, sourit comme un enfant espiègle. Puis il s'en va. Il ne court pas, ne traîne pas non plus les pieds. Il déambule, voûté, encapuchonné, les poings au fond des poches de sa veste de soldat.

Il m'a dévisagée avec une étrange gravité, la main sur son cœur, quand il a échappé le mot *désamour*…

* * *

Le café de la Grande Bibliothèque donne sur une ruelle de Saint-Pétersbourg, an de grâce 1870. Simplement, les fantômes qui passent n'ont pas les bons costumes, le temps s'est arrêté, la folle envie de mener une vie qui compte pousse les marcheurs par-ci, les tire par-là. Ils ne savent pas, comme lui, que l'existence tourne en rond, que ce qu'on veut devenir n'existe pas. Il ne s'est pas piqué, n'a pas fumé, n'a rien bu d'autre que du café depuis quatre jours. Je suis crevé mais clair, à couteaux tirés mais vivant. Je tiens ma rage en laisse, ça va, ça ira. Il n'y a pas de bout du rouleau, gémir est humiliant, plus personne contre qui tourner ma fureur.

Sur la table, trois livres de Dostoïevski, un petit – *Notes d'un souterrain* – et les deux épais tomes de *L'Idiot.* Il a vendu Dostoïevski avec tous ses autres livres, il y a des lunes, pour l'imposture de la poudre. Ce matin, le vieux démon lui a manqué comme l'oxygène à l'asphyxié. Il a mis sa chambre à l'envers, a fouillé partout, s'est inséré, retenant son souffle, derrière poêle et frigidaire, a finalement déniché la carte versicolore mystérieusement nichée dans les plis cassants d'une débarbouillette, sous son matelas, depuis le diable sait quand, a couru à perdre haleine jusqu'au Jean Coutu du coin, a vidé ses poches sur le comptoir – six dollars et trente-huit cents –, a décroché de leurs présentoirs un cahier d'écolier et trois crayons à mine. Et puis il a filé comme le voleur que pour une fois il n'était pas jusqu'à la bibliothèque. Chemin faisant, il a chantonné, heureux peut-être sans vraiment s'en douter. Modérant son transport, il s'est écrasé sur la marche la plus basse du 2273 rue Sanguinet, aux côtés d'un mec torse nu, crinière en bataille, épaules et bras écorchés, son pantalon retenu par une ficelle, qui a entrepris tout de go de lui conter sa vie en long et en large. Il a écouté sans rien dire, la tête levée vers le ciel, persuadé que la sienne de vie ne valait pas mieux que la désolante traversée des enfers du type en question et que c'était miracle qu'il ne soit pas du même naufrage que ce déconnecté-là.

Il est reparti en trombe, s'est arrêté de nouveau sous un balcon pour griller la demi-clope qu'il avait dénichée au fond de sa poche et qu'il a savourée, les bras en l'air comme un soldat qui se rend.

À présent, cœur ralenti, il lit, ou plutôt relit et copie dans le cahier. *L'homme archi-conscient n'est pas sorti du sein de Dame Nature, mais d'un alambic… Il y a trucage, tricherie, impossible de trouver de quoi il s'agit… Je serais ravi que vous me perciez à jour…* Et alors il les revoit, tour à tour, séparément puis ensemble, Irène, Romain, cherchant à le percer à jour. Pourquoi ? Surtout, pourquoi maintenant ? Il s'arrête, main crispée, mâchoire barrée, scalp brûlant. Non, continuer ! Page droite du cahier, vis-à-vis chacune des phrases notées, il esquisse : un bras levé, poing fermé, une tête de corbeau tenant dans son bec un globe oculaire sans pupille, un pantalon sans jambes marchant vers nulle part. Enfonçant la main dans sa poche, il débusque les visages des deux petits Noirs. Il déplie la feuille, la lisse de la main, les yeux pleins d'eau.

Et puis tout s'arrête et c'est comme s'il tombait dans la nuit d'un puits. Il pose les bras sur le cahier, y couche sa tête. Il s'endort.

* * *

Dès potron-minet, Romain descend dans son atelier, à la cave. Il a l'ouvrage bien en tête. Un oiseau de bois dont on pourra actionner les ailes en tirant sur une ficelle et qui volera immobile, suspendu au plafond. Entre nuit et petit matin, il a conçu l'oiseau, l'a décrit à voix basse à Marguerite qui hochait la tête et souriait en coin, comme de son vivant. Même qu'elle a marmonné : je le vois déjà survoler les petits qui crient de joie. À présent qu'elle n'est plus là, il lui découvre une sincérité indéfectible et se reproche d'avoir, à ses côtés, pris trop souvent martre pour renard, c'est-à-dire son espièglerie pour de la dérision. Il est trop tard. Comme dit le garçon : c'est comme ça et pas autrement. Il ne pense pas plus loin et se remet à l'ouvrage. Comme chaque fois, l'atelier bien en ordre le réjouit. Outils suspendus, marteau, pinces et tournevis par ordre de grandeur, planchettes cordées sur la sécheuse, scie ronde, pince-monseigneur et vilebrequin côte à côte sur l'appui de la fenêtre.

Il besogne si attentivement que deux heures passent sans qu'il en ait soupçon.

S'étant déchaussé de ses appareils auditifs, il ne perçoit le tsoin-tsoin de la scie ronde que comme un sourd rugissement de fauve. Si bien qu'il n'entend pas qu'on frappe à la porte.

Ladite porte n'étant jamais fermée à clé, Jérémie entre sur la pointe des pieds. Aiguillé par le boucan de la scie, il descend à la cave et brusquement s'arrête au beau milieu de l'escalier. Courbé sur son labeur, Romain le ramène très loin en arrière. Le vieux Gepetto façonnant son Pinocchio, pressentant, sans oser y croire encore, que la marionnette s'animera et filera des jours d'or et de soie, avant d'être avalée par la baleine. Il n'ose pas s'approcher du vieux. Les épiphanies de son enfance lui reviennent si rarement que chaque fois il en oublie où il allait et ce qu'il comptait y faire. Appuyé contre une colonne, il se revoit, perché sur une poutre, tout en haut de la grange, observant son grand-père occupé en cachette à métamorphoser draps, poulies et cordes en parachute, histoire de contenter son désir le plus ardent : sauter du toit de la maison et planer, une courte éternité, à hauteur d'aigle. Comme de raison, l'affaire ne s'est jamais faite, le père y a vu, engueulant le vieux fou comme du poisson pourri, tapant de la botte, cognant de la pioche. De trop bonne heure, la chance m'a lâché…

Soudain la scie se tait et suit un mutisme de chapelle ardente dans l'atelier. Jérémie tousse, une fois, deux fois, trois fois. Le vieil homme ne se retourne pas, occupé à sabler un triangle de bois fuselé comme l'aile d'un avion. Le garçon s'approche encore un peu sans mot dire. La main veinée de bleu, rouillée de son, caresse le morceau de bois avec la minutie et la tendresse de l'amant effleurant la cuisse de sa belle. Le vieux est innocent comme le jour, bon comme du bon pain, il me fait pitié et en même temps il me suggère une sorte de joie que je subis sans la comprendre. Il faut pourtant qu'il sache… Brusquement Romain se retourne. Découvrant le garçon planté comme une statue devant lui, il sourit. Ni sursaut ni soubresaut, pas le moindre battement de paupières.

— T'es venu m'aider, c'est gentil. Attrape donc le pot de colle, là, sur la tablette.

Jérémie s'exécute. Apercevant du coin de l'œil les bidules acoustiques du vieux sur l'établi, il se résigne à se taire. C'est mieux comme ça. Trop en dire assassine la confiance. Et puis c'est un étrange contentement tranquille que d'assister silencieux à la naissance d'un oiseau. Imitant celles du vieux, ses mains font aisément tantôt l'étau, tantôt l'enclume, et il y a l'odeur soûlante de la colle, la neige dorée du bran de scie, le bleu ciel et le rose d'aube de la peinture dont il enduit les rémiges, le croupion, le bec, à l'aide d'un pinceau pareil à celui qu'il utilisait autrefois pour ses aquarelles, les fines lames d'herbe, le fuseau exigu d'un roseau, le mince V d'un envol, dans un ciel blanc.

— T'es drôlement habile, dis donc ! Où t'as appris ?

Il remue les lèvres sans laisser échapper le moindre mot. Le vieux hoche la tête, comme s'il avait entendu. Et ça reste là, comme ça, entre eux deux, ange qui passe, consentement, connivence qui n'a pas à s'expliquer.

— T'as deviné que l'oiseau est pour les petits ?

Il fait oui de la tête. Il ira chez eux avec le vieux, bien sûr. Pourquoi pas ? J'en ai ma claque de transvaser du creux dans du vide. Et puis, les enfants, ça sait pas. Ça sait pas encore.

*   *   *

À présent qu'elle aurait bien besoin d'une camarade avec qui causer mascara, fard à joues, froufrou raide comme du carton de l'énorme fraise élisabéthaine, histoire de juguler le trac, de museler la peur de l'oubli, on l'a mise toute seule dans une loge trop grande du premier, éclairée comme un stand de tombola, avec son miroir qui n'en finit pas, ses trois longs vases à fleurs, pour l'heure sans bouquets et qu'on n'a pas pris soin de nettoyer à fond – elle y distingue trois vilains cernes d'un vert-de-gris qui lui donne la chair de poule. Considération due à mon grand âge et à ma soi-disant notoriété. Ça me fait une belle jambe ! Elle ferme les yeux, écoute religieusement la rumeur de la salle. Ils sont venus, ils sont tous là, comme dit la chanson. Un bourdonnement confus, où çà et là percent un rire strident, la déflagration d'un éternuement, la cataracte d'une quinte de toux, le froissement d'un programme qu'on déplie. À son reflet dans le miroir, comme la dernière fois et la fois d'avant, elle murmure : c'est peut-être ton dernier soir de première, ma vieille. Pas de quoi te fouetter, faut y aller !

Elle apostrophe la perruque que lui tend Annie, son habilleuse, un nid de guêpes sanglé d'un diadème en pierres du Rhin. Elle demande, d'une petite voix apeurée :

— Tu vas m'aider pour la fraise ?

— Mais oui, bien sûr.

— Ma tête sur une assiette ! À quoi donc a rêvé notre pervers costumier ?

Elles éclatent de rire. On frappe à la porte. Elle crie, de la voix éraillée qu'elle prendra dans une heure pour agoniser, seule dans la grande salle du trône, abandonnée de tous :

— Entrez !

La petite placeuse entre sur la pointe des pieds.

— Excusez-moi, madame, c'est pour vous.

Et elle lui tend trois brins de muguet liés par un bout de ficelle.

— Un admirateur, j'imagine.

— Donnez. Et sortez.

La fille grimace comme si on venait de lui faire avaler un méchant remède et sort sans articuler ni bonne chance ni merde, comme on le lui a pourtant soigneusement appris. Le minuscule bouquet à la main, Irène saisit entre le pouce et l'index un bout de papier qu'on dirait arraché d'un sac d'épicerie. À l'encre rouge et calligraphiés, ces deux vers :

Je donne pour garder
ouvertes mes mains

Elle sait que c'est lui. S'il est dans la salle, tout ira bien. Sinon, je ferai comme si et tout ira bien aussi. Oh, comme j'ai le cœur qui bat !…

* * *

Les lumières de la ville brasillent comme un grand feu mourant que le vent rallume. Petit, il veillait longtemps, seul dans la nuit, derrière la grange, à genoux dans l'herbe mouillée, jusqu'à l'extinction finale du brasier qu'il avait allumé, envoûté par ces quartiers d'une vaste cité inconnue qui s'écroulaient les uns sur les autres. Déjà, le funeste fantastique l'obnubilait. Il rêvait de massacres fabuleux, d'exterminations légendaires, se droguait de supplices merveilleux, se voyait autodafé courant les rues du village, psalmodiant la terminaison de la terre. Il ne tenait de rien ni de personne son aboulie. Elle ne lui venait de nulle part, cette hystérie du cataclysme qu'il était seul à pressentir, présager, prophétiser. Démuni, privé de tout moyen, il inventait la ruine et le chaos, mille souffrances auxquelles seul il était appelé à survivre.

D'accord, j'ai fumé. Un joint n'est pas coutume, asti. Seulement c'est bête, ça sert à rien. Le désir de la violence, du feu et du sang me passerait-il comme ça, tout bonnement ? Va donc savoir…

Il a patienté plus de deux heures sur le débarcadère, derrière le théâtre. Elle n'est pas sortie fumer sa clope. Elle me croit sagement assis avec les autres, spectateur ensorcelé. Il ne pouvait pas. Il avait trop peur de tout à coup se lever et se mettre à hurler au feu, stoppant désastreusement le *show*. C'est comme ça et pas autrement. Brusquement, il se voit grimper sur la scène, l'arracher à la mort annoncée, la jucher sur son dos, remonter avec elle l'allée centrale, refoulant les théâtreux criant au scandale. Il rit, la tête vers les fausses étoiles de la ville. Elle aura eu mon poème, c'est l'essentiel.

Il saute du quai de ciment comme se laisse tomber du vingtième étage celui qui n'en peut plus de découvrir de la volupté dans sa propre misère. Il marche, il s'en va n'importe où. Je me lance hardiment dans la contorsion de durer, coûte que coûte, je me demande bien pourquoi…

Devant Les Foufounes, il s'arrête. Le bar grouille des mêmes fantoches gueulards et bonimenteurs que la dernière fois. Non, pas ce soir. Pas boire, pas fumer. Marcher. Marcher dans la braise mourante du grand Morial…

* * *

— Pour l'amour du ciel, Annie, arrache-moi tout de suite de sur le crâne cette tignasse de vieille ganache !

— Irène, il y a…

— Il y a que j'ai joué la première scène comme une débutante, la deuxième comme une momie édentée et la moitié seulement de la scène finale, mon texte ayant foutu le camp le diable sait où ! Et il y a que ce maudit casque imbécile me broie ce qui me reste de cervelle !

— Vous avez été magnifique ! Mais…

— Mais, en effet !

— Il y a ce monsieur…

— Non, il n'y a plus rien ! C'est la catastrophe, le nirvana, la définitive fin du monde !

— Laissez-moi faire, Irène ! Vous allez tout me la défriser comme ça. Et il y a ce monsieur qui attend…

— Un monsieur ? Quel monsieur ?

— Très gentil, très élégant. Il attend depuis une demi-heure derrière la porte, pour vous faire ses compliments.

— Je ne mérite aucun compliment, ce soir. Mais faites tout de même entrer le jeune homme.

— Jeune ? Je dirais plutôt…

— Oui, je sais. C'est un enfant qui en a trop vu, trop entendu et ça se voit.

— Mais, Irène…

— Annie, s'il te plaît ! Coiffe l'innocente tête à perruque de cette crinière de vieille pute et fais entrer ce garçon ! Non, attends ! Donne-moi une petite minute, que je torche ce masque de courtisane décatie !

Annie s'incline et sort, la main sur la bouche, les sourcils en accents circonflexes.

L'actrice se débarbouille furieusement sans

oser se regarder dans le miroir, de peur d'y apercevoir l'atroce visage de ses songes, les joues creusées de larmes, la bouche affreusement tordue et qui susurre : c'est fini et tu le sais.

Puis elle se lève d'un bond, agrippe son peignoir, l'enfile, se ceinture la taille à se couper le souffle et prononce de la voix qu'elle n'a pas su, pas pu trouver en scène, pour mourir admirablement :

— Entrez !

Paraît alors un vieux monsieur qu'elle ne connaît pas, dans un costume prêt-à-porter, le nœud papillon de travers, la chevelure atrocement gominée. Bel homme, au demeurant. Il ressemble à Charles Boyer, dans je ne sais plus quel mélo d'après-guerre…

— Madame, vous avez été superbe !

— Non !

— Euh… oui !

— Et moi, je vous dis que non. Pas ce soir. Il fallait venir plus tard, une fois que tout ce beau monde…

— Vous avez fait chavirer mon vieux cœur, quoi que vous en disiez. Et je voulais…

Il s'arrête, la voix prise dans elle ne sait quelle guenille perverse. Dommage, il a le ton juste, le regard d'un bleu émouvant et qui paraît sincère…

— Vous savez, je ne devrais pas être ici. Enfin… Je veux dire… Vous allez croire que je fabule ou, pire, que je mens, mais j'ai trouvé, ce matin, dans ma boîte aux lettres, le billet…

— Billet ? Qu'est-ce que vous me chantez là ?

— La pure vérité, bien qu'elle vous semblera difficile à croire. Soit il s'agit d'une erreur, ou alors d'un tour – un fort joli tour, à tout prendre –, soit, et c'est ce qui me semble le plus probable, le billet est un cadeau de ce récent jeune ami qui…

— Jérémie !

— C'est son nom, en effet. Vous… Vous le connaissez ?

— Oui… C'est-à-dire… Je lui avais fait remettre une invitation et sans doute…

À son tour, elle s'arrête. La tête lui tourne. C'est la fatigue. Non, le désespoir. Non, l'abasourdissement. Charles Boyer et Jérémie… C'est à la fois au-delà du crédible et tout à fait imaginable, évidemment. En silence, elle le détaille de pied en cap, tandis que lui scrute son visage sans rien oser dire. Ça dure un moment comme ça, cette espèce de fouille sans succès dans le bric-à-brac de leur mémoire, cette étrange intuition, cette paralysante hésitation à penser, à dire quelque chose. La rumeur décroît, derrière la porte de la loge. On va bientôt fermer le théâtre. Il faudrait parler, bouger, avancer… Elle déclare, d'une voix un peu trop forte :

— Vous avez le temps de prendre un verre au bar, en bas ?

— Ce serait avec grand plaisir.

— Bien. C'est… c'est…

— Oui, je sais. À tout de suite, alors.

Dès qu'il a refermé la porte, elle se laisse tomber dans son fauteuil, lève la tête et dévisage dans son miroir une femme, une autre femme, un personnage de mélo d'après-guerre, auquel elle sourit, sans avoir la moindre idée de ce qui en même temps lui fait mal et la met en joie.

* * *

Deuxième Campari pour lui, second mimosa pour elle. Ils se sont révélé leurs noms, âges et lieux de naissance, ont évoqué pudiquement les affres de leur solitude, leur inquiétude face à l'avenir rétréci, se sont exclamés de concert sur l'abominable état du monde. Il a voulu parler de la pièce, de l'émotion qu'elle avait fait naître en lui, elle a fait non de la tête et alors il a parlé des lilas en fleurs dans son petit jardin, elle a enchaîné sur les cactus précocement en fleurs aussi. Ce faisant, ils se décochaient des œillades à la dérobée, souriant exagérément. Bref, ils ont tourné une bonne heure autour du pot, s'efforçant de retarder du mieux qu'ils pouvaient le vif du sujet : Jérémie. Quand ils ont enfin été au bout du rouleau, ils se sont tus. À présent, ils se dévisagent comme deux imposteurs attendant de voir qui le premier se trahira. Irène prend courageusement son souffle et plonge.

— Vous savez qu'il se drogue ?

— Ça ne fait aucun doute pour moi.

— Je l'ai même aidé, un soir, à se piquer.

— Ah ? Mais… comment ?

— Une autre fois, peut-être, je vous raconterai. Vous lui donnez de l'argent ?

— Il ne m'en a demandé qu'une seule fois. Et encore, c'était, comme on dit, du petit change.

— Il se prostitue probablement.

— Sans doute. Mais pas avec moi.

— Avec moi non plus. Il ne manquerait plus que ça, à mon âge !

— Vous l'aimez ?

— Il faut croire que oui. Je sais et en même temps ignore tout à fait pourquoi.

— Même chose pour moi, exactement. Il a disparu.

— Non, je l'ai vu avant-hier soir encore…

— Je veux dire, il y a de ça plus d'un mois, et pour trois longues semaines.

— Ah, oui, bien sûr, oui. Il a disparu.

— Vous savez où il est allé ?

— Pas la moindre idée.

— Moi non plus.

— Mais… vous, au théâtre, ce soir… et ensuite dans ma loge…

— Oui ?

— C'était en quelque sorte prémédité, non ?

— Prémédité ?

— Je veux dire, il voulait que vous, que nous…

— … fassions connaissance ? Je le crois, oui.

— Pourquoi ?

— Le diable s'en doute ! Mais ce n'est pas plus mal, non ? Je veux dire…

— Oh, Charles… !

— Comme je vous l'ai appris tout à l'heure, avant que nous avalions ces deux traîtres verres en nous lançant des banalités au visage, mon nom n'est pas Charles, mais bien Romain.

Elle pouffe, s'étouffe, réclame de la main un secours qu'il est seul à pouvoir lui porter, le bar s'étant vidé depuis qu'ils y ont pris place, si bien qu'il tire de sa poche un mouchoir parfaitement propre qu'il lui tend sans façon.

— Merci, Romain. Non, j'ai dit Charles parce que vous me rappelez… Ah, c'est trop bête, je ne vais pas le dire.

— À votre guise.

— Romain, qu'allons-nous faire ?

— Vous voulez dire vous et moi, là, maintenant ?

— Non ! Enfin, peut-être. Mais je pensais à lui. À lui avec moi. À lui avec vous.

— Eh bien, qu'y a-t-il à faire ou à ne pas faire ? C'est comme ça et pas autrement.

— En effet, quoi faire d'autre et pourquoi ? Vous savez, Romain, je vous aime bien.

— C'est tout à fait réciproque. Déjà. C'est tout de même étonnant, non ?

— Si vite, oui. Romain, vous avez une tête compliquée mais un cœur simple. Alors que moi…

— C'est le contraire. Ça m'a tout de suite paru évident. Vous riez ?

— Eh oui ! Vous me faites rire. Vous ne pouvez pas savoir, en particulier ce soir, le bien que ça me fait !

— Je pourrais dire pareil. Et j'ajouterais qu'il me semble vous connaître depuis… ma foi, depuis quasiment toujours.

— Nous ne sommes en présence l'un de l'autre que depuis exactement deux heures !

— C'est parfois suffisant.

— Peut-être.

— Vous êtes fatiguée. Et j'ignore pour ma part si en tentant de me remettre à la verticale je ne vais pas m'effondrer. Et pour ce qui est de retrouver ma voiture…

— Un taxi, alors ?

— Ça vaudrait mieux, oui. Mais pour aller où ?

— Chez moi.

— Ah ? Vous croyez que ce serait sage ?

— Non.

Ils éclatent de rire ensemble et en même temps.

— Alors deux taxis. Un pour vous et un pour moi.

— À la bonne heure, hélas !

Bras dessus, bras dessous, ils sortent dans la nuit constellée des fausses étoiles de la ville.

* * *

Enfant, il disparaissait souvent comme ça. On le cherchait partout, parfois deux, trois jours. On faisait le tour du village, s'aventurait aux abords de la pinède, criait son nom que répétait l'écho de la montagne. Puis on se résignait. Il allait revenir, il revenait toujours, sourd aux questions, emmuré dans un silence têtu. Seul le chien savait, qui l'avait suivi, ses pattes chaulées de boue, sa fourrure piquetée de chardons, et qui se roulait en boule près du poêle et dormait le reste du jour, agité de spasmes. Refusant de boire et de manger, secouant vivement la tête comme le poulain rétif qui aperçoit le licou, il montait au grenier où l'attendaient un silence complice, la chatte frôleuse et le vieux dictionnaire du grand-père. Le gros livre seul détenait les clés de l'inextricable fourmillement de l'univers, qu'il arpentait en explorateur libre que nul effroi ne paralysait et que toute découverte électrisait à lui donner la fièvre. Il tournait les pages comme si, plus loin, plus tard, le fin mot des énigmes allait lui sauter aux yeux. Il prononçait les mots *baobab, chausse-trappe, cyanose, dogme, époisses, haridelle, larvaire, merlin, pliocène, raphia, sandre, tapuscrit, vestige, zoospore,* chacun d'eux faisant lever, comme le piétinement obstiné d'un rabatteur, d'étranges bestioles qui tournaient autour de lui dans une ronde endiablée. Il se voulait savant et émancipé, méprisait le mystère de son enfermement, maudissait la pénombre où il croupissait depuis toujours. Il se savait soudain attentif, éclairé, éveillé. Ce qu'il avait vu, humé, caressé dans les ravages de chevreuils de la montagne l'autorisait à s'imaginer de mèche avec les merveilles qui l'appâtaient. Les images du gros livre confirmaient ses hantises, l'appelant sur le terrain, le conviant aux révélations. Les reproductions d'œuvres d'art, surtout, le chamboulaient de fond en comble. Les mosaïques, les cathédrales, les ocelles sur les ailes des papillons, le tournoiement des planètes dans une nuit bleue striée de ces éblouissants sillages de feu des comètes, les serpents des stalactites coulant de la voûte dorée d'une grotte, le sage visage d'un sultan, Sélim Ier écoutant avec ferveur le corsaire Barberousse, les dieux funéraires à têtes de chacals de l'ancienne Égypte, Izanami brassant l'océan primitif à l'aide d'une lance, donnant ainsi naissance à l'archipel du Japon, le nuage sépia d'une tempête de sable au Rajasthan, l'élancement gracieux de l'orchidée, étoile explosant dans un firmament d'or, les chevaux cabrés de Géricault, la radieuse douleur de la *Pietà* de Michel-Ange, les mappemondes, leurs hémisphères qu'on disait semblables aux deux moitiés du cerveau humain. Il récitait à la chatte qui ouvrait sur lui deux prunelles d'enjôlée le mystère des soleils de Van Gogh, le bleu-noir de ses orages suspendus, les frises argentées de ses cumulonimbus. Dénichant sous son oreiller l'un ou l'autre des bouts de craie qu'il avait chipés à l'école, il traçait sur le plancher des galaxies, sur le mur ébauchait des mains jointes aux doigts enguirlandés de joyaux, il esquissait le profil d'un sein qu'approchait une bouche entrouverte et, tout en bas de la petite fenêtre, charbonnait au crayon de plomb l'ombre du loup en chasse. Étourdi par l'inexplicable vitesse de sa folie, il s'arrêtait, le cœur au fond du ventre, déshabillait farouchement son oreiller et, la taie bouchonnée dans son poing, effaçait ces effrayantes créatures inachevées qui, même escamotées, continuaient de grouiller autour de lui à lui donner le tournis. Il s'allongeait sur le plancher et, les yeux fermés, les poings sur les oreilles, attendait l'oubli. À la chatte qui ronronnait contre sa cuisse, il répétait : si je m'assoupis, tout disparaîtra. Mais les tambourinements de son cœur contestaient son désir d'anéantissement, lui faisant comprendre qu'il n'était qu'au tout début d'une démence, d'une auto-infection, qu'il pressentait incurable.

Puis il s'endormait, il oubliait. L'aube le surprenait à genoux sur son lit, la tête vide et le cœur étrangement au ralenti. Il se disait j'ai rêvé, n'en croyait rien et descendait retrouver ses pareils si différents, attablés devant leurs bols de gruau, la tignasse en bataille et les yeux battus.

C'était avant la drogue.

Mais il y a ces deux-là. Irène, Romain. Et puis il y a Acha et Migush, les deux petits Congolais. Et dans la brise soyeuse et neuve de mai, une espèce de genre de sorte de possible recommencement...

Le soleil saigne dans le fleuve. Adossé au baril de déchets – *gardons notre ville propre* –, ayant perdu le souvenir de ce qui avait bien pu le mener encore une fois jusqu'à cette jetée du Vieux-Port, il ne sait plus pourquoi il y est, ce qu'il venait y faire. Il ne sait plus rien et il a peur et il tremble. Au creux de sa paume la seringue oscille. Son poing se serre et la seringue éclate, lui ensanglantant les doigts, le poignet, l'avant-bras. Il rit, ou pleure, il ne sait pas.

* * *

— Encore du sang !

— Han ?

— Là, au creux de ta paume.

— Ah oui, ça !

— Ça, quoi ?

— J'avais oublié ma clé, alors j'ai pété un carreau de ma fenêtre et pis… voilà. C'est comme ça…

— … et pas autrement ?

Ils éclatent de rire à l'unisson. Un vieux rire juvénile et un jeune ricanement rouillé. Il est clair que le vieillard, c'est moi. Le vieux est encore vert. En fait, il n'a pas d'âge et moi, je vais sur mes cent ans. Il fourre sa main blessée dans sa poche et de l'autre il pianote sur la table du café. Trois notes muettes qui pourraient vouloir dire : je m'en fous, ou aidez-moi ou encore je vous aime bien. En réalité tout ça à la fois et aussi : je lâche prise. En présence du vieux, je m'oublie. Ma misère passe à la trappe, n'en parlons plus et sans rancune. C'est une aubaine inestimable, un cessez-le-feu inespéré qui arrête le temps, désarme la fatalité. Léo Ferré chante en sourdine, dans le café. Jérémie entonne avec lui :

— … *moi qui me traîne et m'éparpille et mon ombre se déshabille…* Après, je sais plus.

Et Romain enchaîne, d'une voix de jubé qui fait tourner la tête à deux dames d'un âge certain, à la table d'à côté :

— … *dans les bras semblables des filles où j'ai cru trouver un pays…*

Soudain, de grosses larmes roulent sur ses joues et pourtant il sourit. C'est comme s'il pleuvait et faisait soleil en même temps.

— Romain, parle-moi d'elle. Parle-moi de Marguerite.

— Ah, mon garçon… !

— Quoi ?

— Le bonheur ne se raconte pas. Le chagrin non plus. Ou alors en deux mots seulement : c'était elle et c'était moi.

— OK, je vais t'aider. La photo punaisée au-dessus de ton établi et sur laquelle Marguerite grimace un sourire décocrissé, elle a bien été prise par toi, non ?

— Oui. Mais…

— Où, quand, comment ?

— Au lac en Long, le 24 juillet 1954. Elle

venait d'apprendre qu'elle ne pourrait pas avoir d'enfants. Elle était inconsolable... Attends !

Romain tire d'une poche de sa veste un mouchoir et de l'autre une petite enveloppe plastifiée dont il extrait un bout de papier jauni et godé comme un vieux parchemin qui aurait trop souvent été plié, déplié, replié et qu'il tend au garçon d'une main tremblante.

— C'est quoi ?

— Lis ! Et puis non, écoute plutôt. Je connais ces mots-là par cœur.

Posant la feuille pliée sur la table et croisant les mains dessus comme un officiant qui s'apprête à commémorer une défaite ineffaçable, Romain récite :

— *Mon amour, que feras-tu de ta stérile compagne et de ses mirages de folle ? Rebelle soumise, révoltée résignée, chargée de son chagrin comme un âne bâté, à jamais inapte à faire ton bonheur. Tu m'épierais sans finir, guettant le moment où je déraperais pour de bon. Aussi bien en finir au plus vite. Ce sourire de vaincue, sur la maudite photographie, tu l'oublieras. Je t'ai aimé, mon ami, follement, jusqu'à la fin...*

— Tabarnak !

— Non. Elle ne l'a pas fait. Du moins pas cette fois-là. Mais le feu a couvé, longtemps. Et puis, un beau jour, subitement, c'était derrière elle. Du moins, c'est ce que j'ai voulu croire. Vois-tu, mon garçon, on s'aveugle quand on aime et alors on aime mal. On étouffe l'autre, on l'empêche...

— Je te suis pas, là, Romain.

— Normal, je fais le tour du pot. Ce qu'il me faudrait dire, en vérité, ce que je n'ai jamais révélé avant aujourd'hui et que je déballe devant toi qui n'as rien à en faire et ne peux bien sûr pas comprendre, c'est que j'ai entravé Marguerite, croyant la protéger. Disons qu'elle était faite pour diriger un atelier de haute couture et que je l'ai contrainte à n'être qu'une couturière, une rapiéceuse, une raccommodeuse de bas et de mitaines. Et ça, vois-tu, c'est impardonnable. J'ai été bête, mesquin, cruel en me croyant tendre, prévenant et même magnanime. Pourtant, Marguerite a trouvé la force d'être heureuse. À tout le moins a-t-elle piétiné sa douleur. Et je n'y ai été pour rien...

— M'étonnerait ! Puis, tu t'es fait serviteur afin d'être celui qui guide, c'est ça ? Ta charité, c'est une manière de décampement, non ?

Le vieil homme hausse les sourcils, ouvre la bouche, la referme, puis, les yeux clos, tapote la vieille lettre comme s'il s'agissait d'un document codé. Tout bas, comme on souffle un secret brûlant, il dit :

— Tu m'arrives avec du sang sur les mains. Tu n'expliques pas, mais questionnes sans finir. Tu apparais, disparais, réapparais comme un spectre des vieux contes. Tantôt tu bredouilles, grognes, balbuties tel un malappris et tantôt tu phrases en philosophe qui connaît le fin mot de tout. Tantôt encore – le plus souvent – tu avales ta langue et me dévisages comme si j'allais te donner la lune, que par ailleurs tu ne me demandes pas.

— Mais tu m'aimes.

— Mais je t'aime, oui. L'âge ne rend pas sage. L'âge fait oublier d'être prudent.

— Avec moi, faut pas te gêner. Chu *wide open.*

— Ce qui est fou, c'est que je vais bientôt mourir et voilà que tu apparais...

— Ben oui, c'est donc de valeur ! Mais c'est comme ça et pas autrement !

— Petit salopard !

— On va où ?

— Hein ?

— Votre fils adoptif vous demande où on va, là, maintenant.

— Chez Maxi, cueillir les restes du festin des uns et des autres, qu'on ira porter tu sais où. Pourquoi fais-tu ça ?

— Quoi donc ?

— Semblant de croire, semblant d'aimer, semblant de vivre, semblant d'aider…

— Oh là là ! Les beaux grands mots du tabarnak ! Pis toi, pourquoi tu fais semblant de pas avoir envie de moi ?

— Hein ?

— Je t'ai, là, non ?

— Je t'aime. Mais…

— Je t'aime aussi. À la limite, c'est pas de tes tabarnak d'affaires. Tu ris ?

— Je ris parce que…

— Je le sais ben, j'te niaise.

— Tu me… Tu me…

— Là, tu radotes, le père !

— D'accord, oui, je radote. Mais ce que je t'ai révélé aujourd'hui…

— Je suis une tombe, tu le sais bien.

— Un tombeau ouvert, plutôt !

— Vrrroum !

Il se lève tel un zombie et sort du café au pas de course. La plus jeune des deux dames de la table d'à côté se tourne vers Romain et, la main en porte-voix, chuchote :

— Spécial, votre petit ami !

— En réalité, c'est mon arrière-arrière-petit-fils, mesdames. Il ne faut pas vous moquer de lui. Le pauvre enfant est trisomique, cardiaque et syphilitique.

Et il sort en effectuant un pas de danse qui le fait trébucher.

* * *

Elle sort du studio de doublage, où elle n'était pas convoquée aujourd'hui mardi, mais bien plutôt jeudi et de la semaine prochaine. À la réceptionniste au sourire exagérément indulgent et à l'haleine parfumée de menthe, elle a déclaré, sur le ton que sa pratique de la comédie de boulevard lui a appris à maîtriser à la perfection :

— Je sais. Je ne suis entrée que pour vous dire bonjour, comme ça, en passant.

— C'est gentil.

Ce n'est pas gentil, c'est épouvantable ! Elle

fait trente pas dans une rue où elle ne reconnaît ni les façades devant lesquelles elle est passée cent fois ni les figurants empressés qui la bousculent sans marmonner le moindre mot d'excuse. Tout fout le camp, moi y compris, c'est abominable ! Je ne sais plus si nous sommes en mai ou en octobre, me rends où l'on ne m'attend pas, ne me pointe pas où sans doute j'ai affaire, escamote deux répliques sur quatre de la médiocre pièce dans laquelle je joue, mais me ressouviens de phrases lues il y a plus de trente ans, que je peux réciter à l'envers comme à l'endroit, sans omettre le moindre mot. Mon médecin hausse les épaules, dit qu'il ne sait pas, pas encore, de quel mal je suis atteinte, me tapote le bras, me dit qu'on verra, me montre la sortie.

Juste comme elle lève la main pour héler un taxi, les deux premières mesures de la *Petite Musique de nuit* de Mozart surgissent de son sac à main. Elle recule jusqu'au pied d'un escalier, s'assied, ouvre son sac et met la main sur le bidule chantant, machin qu'elle est quasiment certaine de n'avoir jamais fourré dans ledit sac. Elle porte l'appareil à son oreille et, du bout des lèvres, prononce :

— Allô !

— Irène, c'est moi.

— Qui ça, moi ?

— Jérémie.

— Si je n'étais pas assise, je m'évanouirais. Comment… ?

— J'ai pensé que la patente pourrait vous, enfin nous, être utile. Si vous appuyez sur le bouton tout en bas, vous verrez apparaître sur l'écran l'heure et l'endroit de vos rendez-vous. Je les ai dégotés dans l'agenda que vous égarez tout le temps. J'ai aussi – le bouton de gauche, en haut du petit écran – inscrit les numéros de téléphone que j'ai recopiés de votre petit calepin bleu. Celui de Romain y figure et…

— Arrête ! Arrête tout de suite ou j'appelle la police !

— Pour ça, c'est facile, vous faites le 911.

— Mais…

— Irène, tout va bien. Ce n'est qu'un aide-mémoire. S'il vous embête, vous n'avez qu'à le jeter à la poubelle et on n'en parle plus.

— Quand as-tu… ?

— L'autre soir, au restaurant, quand vous êtes descendue vous repoudrer le nez, je l'ai glissé dans votre sac. Irène, je…

— Et comment t'es-tu procuré le truc... le machin... ?

— C'est mon affaire. Sachez seulement que le truc en question ne m'a rien coûté. Vous en avez pour un bon six mois et...

— Tu l'as volé ?

— On pourrait peut-être dire ça comme ça. Mais c'est sans importance. Ce qui compte, c'est...

— Et ton numéro de téléphone à toi ?

— Top secret.

— Mais, pourquoi ?

— Vous le savez, j'apparais, disparais, réapparais comme...

— ... un spectre des vieux contes, oui, je sais. Mais...

— Disons que je ne suis pas joignable. Croyez-moi, ça vaut mieux pour vous.

— C'est absurde !

— Bien sûr. Tout l'est. Quand un poème pas pire ou quelque élan irrésistible vers vous me visitera, je vous le soufflerai là-dedans. Y a une boîte vocale pour laisser des messages. Le bouton du centre, en haut du clavier. Je vous laisse, j'entends la sirène de police. Si vous oubliez...

— Tais-toi !

Il a déjà raccroché.

* * *

Cette bonne chaleur subite, juillet à la fin mai, le plein été en avance, les feuillages naissants, déjà, les trottoirs jonchés de ces étoiles pourpres des bourgeons tombés. Acha serre deux doigts de sa main gauche, Migush quatre doigts de sa main droite. Ils avancent prudemment dans l'allée de gravier du parc qui crépite sous leurs pas. Ils ont laissé Romain et la mère des enfants à leurs sacs et boîtes, et à l'entreprise qui les mettait l'un et l'autre en joie : la perspective de concocter un pâté chinois. À peine avait-il franchi la porte qu'il avait les deux gamins dans les pattes, si bien qu'il a emprunté la voix pétulante et dictatoriale du moniteur de camp de vacances pour lancer :

— Y fait beau, je les emmène au parc !

Permission accordée, la petite troupe a dévalé l'escalier au galop de mousquetaires.

Chemin faisant, il siffle du Bach et les enfants l'écoutent, tête levée vers le ciel d'un bleu à la fois vif et tendre. Soudain, il lâche les deux petites mains et détale devant eux, au pas de course. Acha et Migush restent derrière, bras ballants, yeux écarquillés. Il crie :

— Venez !

Et ils viennent, à petites enjambées indécises. Il s'accroupit pour les recevoir. Leurs deux têtes se nichent au creux de son ventre, leurs museaux brûlants contre sa peau, leurs mains menues agrippées à ses poignets. Il sent monter des larmes, mais ça ne dure pas : aussi brusquement qu'ils l'avaient enserré, les enfants l'abandonnent pour courir vers les balançoires. Il se laisse tomber sur un banc, le cœur cognant.

À pleine voix, qui fait se retourner les promeneurs, il beugle Nelligan, pris d'une romantique fureur :

— *Pendant que tout l'azur s'étoile dans la gloire, et qu'un hymne s'entonne au renouveau doré, sur le jour expirant je n'ai donc pas pleuré, moi qui marche à tâtons dans ma jeunesse noire !*

Ça le torture et le soulage à la fois et rameute les enfants. Essoufflés, ils lui sautent dessus, comme si sa complainte avait donné le signal d'un jeu nouveau. La voix chevrotante, il demande :

— Pensez-vous que je suis fou ?

Les deux enfants répondent en chœur, les bras en l'air et les yeux brillants comme des billes :

— Oui !

Tous trois éclatent de rire et suit un silence qu'à peine trouble le pépiement d'un moineau sautillant dans l'herbe neuve. Il étire les bras et tapote le banc de chaque côté de lui. Acha et Migush y grimpent aussitôt, posent sagement leurs mains sur leurs genoux et le dévisagent avec cette attention sérieuse des petits, aveuglément prêts à l'aventure. Mais rien ne vient. Jérémie soupire, grimace, hausse une épaule, l'autre, souffle amplement et finalement se lance :

— C'est l'histoire d'un prince blond et de son frère noiraud. Le prince se nomme Mychkine et son frère Rogojine…

— Ils sont Africains ?

— Non, Acha. Ils sont Russes. La Russie…

— Je sais où c'est, la Russie ! La géographie, c'est ma matière préférée !

— Bien, Migush. Je continue ?

— Tu les as connus comment, le prince blond et son frère noir ?

— Dans un livre, Acha. Le prince Mychkine est un garçon un peu simple d'esprit et qui trouve grossier de juger l'âme de quelqu'un. Son frère Rogojine, lui, cache dans un tiroir de sa chambre un poignard enveloppé dans un mouchoir de soie. Tous les deux…

— Un poignard ! Aïe, aïe, aïe !

— Oui, Acha, je sais, c'est dangereux. Mais Rogojine n'est pas méchant. Il est simplement très malheureux.

— Ils sont ennemis, les deux frères ?

— Ennemis, non. Plutôt rivaux.

— Comme au ballon-chasseur ?

— Si tu veux, Acha. C'est qu'ils sont amoureux de la même fille, mais veulent son bonheur de façons différentes. Rogojine veut Nastassia pour lui tout seul, tandis que Mychkine, lui, désire que Nastassia échappe aux nombreux pièges qu'on lui tend et…

— Nastassia, c'est une fée ?

— Oui. Mais une fée qui a perdu son pouvoir et qui…

— Pourquoi tu t'arrêtes ?

— Parce que la suite de l'histoire est très longue, très compliquée, très belle mais très triste. Et parce que je suis fatigué.

— T'as des sous ?

— Pourquoi tu me demandes ça, Acha ?

— J'ai envie d'une glace à la mandarine !

— Et moi, à la framboise !

— Va pour framboise et mandarine. Mais avant...

— Quoi ?

— Quoi, prince ?

Un merle piaille. Je ne veux pas, ne dois pas pleurer, pas devant eux. Il se lève brusquement. Il les regarde déguerpir dans l'allée, faisant s'envoler moineaux et pigeons. Au ciel bleu et vide, il déclare :

— Plus c'est réel, plus c'est invraisemblable. Et vice-versa. C'est comme ça et pas autrement !

* * *

Ils déambulent entre les étals de fleurs du marché – roses, fuchsias, pensées, ibéris, jacinthes –, une orgie de couleurs éclatantes et de parfums entêtants. Nonchalance bienheureuse, inespérée. Leurs flancs se frôlent, leurs pas facilement s'accordent. Le frais sourire du maraîcher sapé en cow-boy, la mine rougeaude de ce grand échalas, planté devant trente bouquets parfaitement identiques et qui hésite – préférerait-elle celui-ci, celui-là ? S'ils ne se disent rien, c'est que les mots ne sont pas essentiels. Tout à l'heure, ils vont parler, attablés devant un bon café, les yeux dans les yeux. Elle pense : c'est allé si vite. Il se demande : me trouve-t-elle trop empressé ? Mais, au fond, ils savent. Ce qui leur arrive est à la fois inattendu, grave, léger, naturel et inexplicable. Par-ci par-là, l'ombre du garçon entre eux se glisse. Spectre, ange, démon, peu leur importe aujourd'hui : ils sont deux braves vieux de la vieille qui n'ont plus beaucoup, plus assez de temps, avant l'oubli, pense-t-elle en secret, avant de casser ma pipe, moi qui ne fume pas, ricane-t-il en lui-même. Ils ont aimé, chacun de son côté, passionnément, puis modérément, puis fracas, deuil, saut dans le vide, sur leurs pattes sont retombés, mais jamais comme maintenant, jamais si doucement, si naturellement – ils ne savent pas dire autrement – se sont-ils abandonnés.

Brusquement, il désengage son bras du sien. Elle frissonne, ferme les yeux, soudain prise d'une frayeur qu'elle ne reconnaît que trop bien. Il s'en va, il n'a jamais été là, j'ai rêvé. Au petit matin, lisant le journal qu'elle s'obstine à feuilleter d'un bout à l'autre, comme si, dans telle page, telle autre, il n'allait plus être question de bombes, de camions assassins, de sang, de cris muets, de vengeance, elle s'est effondrée. Et puis elle a pensé : ils sont là, Romain, Jérémie. Ce recommencement-là est bel et bien réel. Dans l'atroce échauffourée de la disparition, c'est inespéré. Elle ouvre les yeux. Il est là, tout près, penché sur une gerbe de glaïeuls. Il dit :

— Ça fait pas trop funéraire, des glaïeuls ?

Elle sourit en retour, la tête inclinée sur l'épaule. Le grand fou adorable. Me revoici midinette, à mon âge ! Et puis, pourquoi pas ? Bientôt… Et Romain subitement pâlit. Il l'a devinée. D'une voix de stentor, il lance :

— Non !

— Romain…

— Non, j'ai dit ! Je sais à quoi tu penses. Il ne faut pas. Pas aujourd'hui !

Elle n'aime pas et en même temps aime follement qu'il sache, qu'il la devine, même lorsqu'elle prend les choses au tragique.

— Café ?

— Avec joie, ma chère.

Il s'incline, sujet loyal, se met gauchement au garde-à-vous et lui tend le bras. Ils entrent dans le café et se dirigent vers la partie vitrée, ruisselante de soleil. Il plane un bon arôme de chocolat et de cannelle dans la pièce. Leur table est libre, devant la fenêtre à vitrail, qui peint sur la nappe un grand iris. Le garçon leur apporte tout de suite le café, les croissants et la confiture d'abricots, leur préférée à tous deux. Romain dit :

— Tu sais, j'ai aussi lu le journal ce matin, et d'un bout à l'autre.

— Pourquoi ? Pour tâcher de comprendre le monde fou dans lequel on vit ?

— Non. Parce que chaque matin je crains d'apercevoir sa silhouette de faux soldat, sa binette de môme floué entre deux policiers aux visages de bourreaux.

— Ah, parce que tu crois que…

— Évidemment.

— Mais, comment ? Qu'est-ce que tu sais et que tu me caches ?

— Rien. Mais j'ai été trente-huit ans professeur. Des bouilles comme la sienne, j'en ai connu. Enfin, pas tout à fait comme la sienne, mais... Non. Je ne dois pas parler comme ça. Je suis...

— T'es inquiet. Et puis d'ailleurs, moi aussi. Il a de nouveau disparu.

— Oui. Ça doit bien faire dix jours, non ?

— Au moins. Et puis, hier, deux poèmes dans la boîte vocale de l'appareil volé qu'il a fourgué dans mon sac.

— Et qui parlaient de quoi ?

— De son invisibilité en pleine lumière.

— Ces mots-là exactement ?

— Oui. Et puis, clic, madame, arrangez-vous avec ça !

— Ouais. C'est-à-dire foutez-moi la paix, mais ayez confiance en moi tout de même !

— On n'avait pas dit qu'on ne parlait pas de lui aujourd'hui ?

— On l'avait dit.

— Seulement...

— Seulement, oui.

— Romain...

— Oui ?

— Te rends-tu compte que depuis ce matin nous nous tutoyons ?

— C'est moi qui l'ai fait le premier. Toi, tu ne sors jamais de ton obséquiosité de grande dame de théâtre.

— Quel imbécile tu fais, quand tu veux ! Et puis d'ailleurs, même quand tu ne le veux pas.

— Imbécile heureux et pour vous servir, majesté !

Soudain, provenant du sac d'Irène posé sur la banquette, les premières mesures d'un air de Mozart. Irène aussitôt plonge la main dans le sac, y débusque le téléphone et le porte à son oreille.

— C'est moi.

— Évidemment, qui d'autre ça pourrait être ?

— Vous êtes avec Romain, c'est bien.

— Comment le sais-tu ?

Romain, la main en porte-voix, murmure :

— C'est lui ?

Elle lève le regard au plafond, comme elle le fait au théâtre quand l'un ou l'autre de ses partenaires articule la mauvaise réplique.

— Tout en haut du clavier, y a un bouton

blanc. Appuyez dessus, comme ça Romain pourra m'entendre.

Elle s'exécute, hochant la tête, et pose l'appareil sur la table.

— Romain, tu m'entends ?

— Oui, mon garçon, comme si tu étais là, devant moi.

— *Good !*

Suit un long silence hachuré de halètements, qui les oblige à approcher la tête de l'appareil, Romain anticipant une déflagration, Irène un torrent de larmes. Non, rien. Rien d'autre que le vrombissement d'un avion, à la fois proche et lointain. Puis :

— Vous êtes beaux, là, tous les deux. Je suis content.

Romain comprend le premier. L'avion qui bourdonne dans l'appareil vrombit aussi au-dessus du café. Il se lève d'un bond, sourcils froncés, scrute attentivement les alentours et soudain aperçoit Jérémie recroquevillé sur le siège de l'abribus, de l'autre côté de la rue. Le garçon, le visage dissimulé par la capuche de sa veste, lève la main pour le saluer. Romain s'agite, veut se précipiter, cherche autour de lui et enfin repère son chapeau accroché à la patère, tout au fond de la salle, s'en coiffe à la va-vite et au pas de course se dirige vers la porte.

— Non, Romain ! Reste où tu es !

Le cri du garçon résonne dans la grande pièce comme une clameur lancée dans le hall d'une gare. Une femme glapit, quelque part derrière eux. Un gros homme se lève, faisant tomber sa chaise qui tape le plancher dans un bruit de détonation. Romain, empruntant malgré lui une voix de détective de cinéma, crie :

— T'as des ennuis, petit ?

— On pourrait crissement dire ça, oui !

Rires à gauche et à droite. Sans doute s'agit-il d'un canular ourdi par un gamin facétieux, ou encore l'un de ces jeux cherche-et-trouve qu'on ne cesse de proposer sur le web aux désœuvrés du dimanche. Irène, toujours penchée sur l'appareil comme une mère sur son enfant souffrant, marmonne :

— J'ai deux cents dollars dans mon sac...

Puis elle se tourne vers la fenêtre pour apercevoir le garçon qui fait de la tête un grand non énigmatique tel un spectre shakespearien. Brusquement, Jérémie lève un bras, au bout duquel apparaît un sac de papier brun, qu'il dépose avec un alanguissement de sorcier dans la poubelle, au bord du trottoir.

— Romain, la première fois, sur le parvis de l'église... Je mendiais pas vraiment. Je... Je t'avais à l'œil depuis un bon moment. Je voulais... Y faut que tu saches... Mon vrai père, c'est toi... Pis, crois-moi, y m'en fallait tabarnaquement un !... Pour une fois, c'était ni le cul ni la violence, mais la tendresse, tout de suite, sans condition... Romain...

La sirène d'une voiture de police stridule, à la fois dans le haut-parleur de l'appareil et quelque part pas très loin du café, dans une des petites rues aveuglées de soleil.

— Tabarnak, y ont fait ça vite !

Suit un rire d'hyène, suivi d'un sanglot d'enfant perdu. Puis :

— Pareil pour vous, Irène. Le premier soir, sur le débarcadère derrière le théâtre. Seule la came était vraie. Je vous avais depuis une secousse dans le collimateur... Vous êtes tellement belle, tellement...

Puis tout va très vite. Il prononce, d'une voix étouffée : je vous aime, et aussitôt, d'un geste rapide, violent, il lance son portable sur le trottoir, l'écrase d'un coup de talon et lentement ouvre grands les bras, pointe une main vers elle, l'autre vers lui et, refermant les bras sur sa poitrine, il les rapaille tous les deux, dans une accolade terminale, définitive. Ni l'un ni l'autre, ni aucun des clients du café, tous debout, figurants zélés et aux aguets, ne fait le moindre geste quand la voiture de police, sirène hurlante, s'arrête devant l'abribus et que deux agents s'en éjectent, attrapent le garçon, le couchent sur le trottoir, lui passent les menottes et le fourguent dans la voiture, qui disparaît aussitôt dans un chuintement discret de vaisseau qui prend le large.

Romain alors se tourne vers Irène. Les mains crispées sur l'appareil qui grésille comme feu qui prend, elle s'est absentée. Elle oublie.

Deuxième acte

Pourquoi ne pouvons-nous jamais apprendre tout sur quelqu'un, quand c'est indispensable ?

Dostoïevski

— Maudit chapeau !

— Un chapeau ? Quel chapeau ?

— Le mien ! Mon vieux galurin de curé défroqué !

— Romain, de quoi diable est-ce que tu parles ?

— C'est quand il m'a vu tenter d'attraper le maudit chapeau qu'il a crié : Romain, reste où tu es ! Il fallait… Il aurait fallu…

— Mais non, il n'aurait rien fallu ! Nous étions pétrifiés. Et puis tout s'est passé si vite !

— Sapré chapeau d'enfer !

— Modère ton pas, veux-tu ! Je m'essouffle à tenter de te suivre !

— Tabarnak de chapeau de merde !

— Romain, ça suffit !

Assommé, il tombe sur un banc moucheté de fientes de pigeons qu'il n'aperçoit pas davantage que les nuages d'orage au-dessus de leurs têtes, et contemple le bout de ses chaussures. Irène se pose à ses côtés, soufflant comme une forge. Les moineaux piaillent, les pigeons roucoulent, les klaxons klaxonnent. Le petit vent de printemps sèche la sueur sur leurs fronts.

— Romain, je vais te dire quelque chose que tu n'aimeras pas entendre. Je t'en prie, ne retire pas les deux bidules du creux de tes oreilles et laisse-moi aller jusqu'au bout.

— Pardonne-moi, je suis loin d'être moi-même, ce matin.

— Et pour cause ! Mais écoute. D'abord, qu'irions-nous faire au poste de police où nous nous précipitions comme des imbéciles ? Le petit, à l'heure qu'il est, est enfermé dans une cellule, sans doute roulé en boule sur sa couche, comme un chiot malade. Ensuite, tu sais comme moi que ceux qui le détiennent n'ont rien à cirer de ce que nous pourrions avoir à leur dire, toi et moi. Pire, notre témoignage nous rendrait complices de son délit, quel qu'il puisse bien être. Mieux vaut attendre.

— Attendre quoi ?

— D'en savoir plus.

— Mais comment ?

— Il va sûrement nous faire signe, d'une manière ou d'une autre. À ce propos, le paquet, où l'as-tu planqué ?

— Sous le siège passager de la voiture.

— Bien. Est-ce qu'on ne devrait pas commencer par là ?

Il se lève d'un bond.

— Sapristi, quel idiot je fais !

— Attends ! Mais attends-moi, Romain !

Il ne court pas, il vole. Au ciel d'un gris de ciment qui va prendre, elle déclare de sa voix de tragédienne :

— N'attends rien mais ne renonce jamais !

* * *

Il longe le canal, pataugeant dans les flaques d'eau de pluie. Une voix – la sienne, mais qu'il ne reconnaît pas tellement elle est basse et sourde – chuchote : je n'ai pas peur pour moi, mais pour nous, pour vous, pour nous tous ensemble.

Le ciel bas le nargue, les goélands se moquent de lui. La partie est depuis longtemps jouée et perdue. Dépourvu de tous mes moyens, j'inventerai tout de même le chaos et la ruine, mille souffrances, j'aurai le dernier mot.

Quelque part, au loin, une sonnerie, comme un signal. Juste comme il va se jeter dans le courant, une clarté aveuglante le réveille, suivie d'un fracas de bottes et de son écho lugubre. Non seulement il n'est plus question de refaire, mais il n'y a rien à faire…

— Tu t'habilles et tu me suis. L'inspecteur t'attend !

* * *

Pieds nus, drapée dans son peignoir de bain lilas – je me fais penser à une convalescente à qui enfin on permet de mettre le nez dehors –, assise à l'ombre pailletée du parasol, sur son balcon, Irène verse le thé d'une main qui tremble, mais à peine. Tout va bien. Tout ira bien. Posé sur la table devant elle, la machine infernale : l'ordinateur de Jérémie, fraîchement extirpé de son sac de papier brun. Sur l'écran nuiteux oscille le feuillage de l'érable qui survole l'immeuble. Elle ne pense à rien, elle attend. Elle attend Romain, parti en coup de vent à la recherche du truc, machin, bidule capable de faire apparaître sur l'écran des mots, des images. En silence, elle supplie un dieu qu'elle ne connaît plus de lui permettre de vivre la concrétisation d'un désir qui a quelque chose à voir avec les risques et périls d'une ultime épiphanie avant le grand trou noir. Elle pense : la momie secoue son enveloppe de vieille peau, ma foi, c'est à peine croyable ! Je passe de terreur en exaltation comme saute de branche en branche l'oiseau moqueur, là, dans mon bel arbre qui depuis peu revit, lui aussi. Il est tard, mais peut-être pas trop tard, pour moi comme pour lui. À tout le moins j'oublie l'oubli et c'est déjà beaucoup. Le petit a écrit : seule compte la vie immédiate, la découverte incessante, le processus même de la découverte. Elle pose délicatement les mains sur le clavier, effleure les touches avec une précaution de verrière, puis s'enhardit et tapote d'un seul doigt : JÉROMIR. Leurs trois prénoms tronqués, réunis, inséparables. Rien n'apparaît sur l'écran. Du calme, du calme. Mais qu'est-ce que c'est que ce grincement ? Ah oui, bien sûr, c'est la clé qui se coince dans la serrure ! Depuis plus d'un mois elle s'enraie, je dois absolument y voir…

Le han-han de Romain la raplombe. Il marmonne elle ne sait quoi que couvre le martèlement de ses souliers dans les marches. Et le voilà qui surgit dans l'encadrement de la porte. Derrière lui se traîne le serpent à demi dompté d'un long fil de caoutchouc.

— J'ai fait deux magasins et trois boutiques avant de mettre la main sur la fichue patente que voilà !

— Attends, je dois avoir une rallonge quelque part…

— Pas la peine, j'ai ce qu'il faut.

De la poche de sa veste, il tire un deuxième fil qu'il brandit.

— T'as vraiment pensé à tout !

— Ça y est, c'est branché !

Et c'est comme s'il avait dit : à présent, c'est sans retour. Ils examinent un long moment les touches du clavier. On dirait deux espions à leur toute première mission et qui risquent, en appuyant sur le mauvais bouton, de provoquer une guerre sans merci. Et voilà que soudain une image apparaît sans qu'ils aient appuyé sur la moindre touche. C'est lui et ce n'est pas lui. On dirait son portrait-robot, vitement gribouillé au crayon, tout en empâtements et hachures, les orbites creuses, énucléées, deux effrayants trous noirs, une épiaraignée balayant un front exagérément sillonné de rides. Seuls les trois anneaux à l'oreille gauche et l'épine traversant le nez suggèrent de façon quasi convaincante que le portrait et le portraitiste sont une seule et même personne.

— Oh, Romain !

— Quoi donc ?

— Il m'arrive de le voir comme ça en rêve !

— Moi aussi.

Puis Romain appuie au hasard sur une touche et presque aussitôt le visage funèbre disparaît pour laisser place à une série de petites fenêtres sous chacune desquelles apparaît un chiffre.

— Il doit y avoir ce qu'on appelle, je crois, un curseur sur ce clavier…

— Non, ne touche à rien, tu risques de tout faire disparaître !

— Ça vaudrait peut-être mieux.

— Ne dis pas de bêtises. Laisse-moi essayer. Au studio, l'autre jour, j'ai longtemps regardé faire un technicien…

Son index tendu survole le clavier, bâtonnet de sourcier. Romain la dévisage avec une attention à la fois confiante et désespérée. Le curseur glisse en douceur sur le carré numéro un, tout en haut de l'écran, et alors apparaît une suite de chiffres. Puis surgit un rectangle blanc, saturé de petits astérisques noirs et sous lequel il est écrit : entrez votre mot de passe.

Le doigt opiniâtre tape : Jérémie. Un crépitement suit. Peu lui chaut, comme on dit chez Labiche, elle s'acharne et tape le numéro du téléphone qu'a chipé pour elle leur mauvais garçon. Même craquètement sépulcral. Elle ne se démonte pas et saisit les chiffres du jour et de l'heure de leur première rencontre, sur le débarcadère, derrière le théâtre. Négatif, et tout de suite apparaît, cette fois en anglais : *one last try !* Romain s'écrie :

— Arrête-toi ! Il faut réfléchir !

Elle hoche la tête et d'un regard suppliant apostrophe la théière sur la table, comme si d'une seconde à l'autre allait en surgir, précédé de sa fumée légendaire, un petit génie au fait du mystère informatique. Le temps passe. Le thé refroidit. Le moqueur haut perché miaule. Puis :

— Eurêka !

— Quoi, Romain ?

— J'en suis presque sûr !

— Mais…

— À la grâce de Dieu !

Il se penche sur la machine comme le mécanicien aguerri sur la pagaille d'un moteur déglingué et tape : CCCEPA.

— Romain, qu'est-ce que c'est que ce baragouin ?

L'écran se fracasse comme vitre qui éclate. Ils poussent de concert une huée éberluée qui fait s'envoler l'oiseau dans l'arbre.

— Mon pauvre ami, qu'as-tu fait là ? !

— Je t'expliquerai. Pour l'heure, lisons !

Alors tout s'éteint et, comme surgissant d'outre-tombe, une voix les interrompt.

— Inapte à me confesser à Dieu, ou à l'un ou l'autre de ses acolytes qui m'ont toujours dédaigné, je m'adresse à vous deux, mes anges gardiens, espérant apparaître ici sous mon vrai jour. Voici mon histoire de cinglé. Vous sera-t-il possible de percevoir une image dans ce qui n'a pas d'image, sous les mots ce qui ne s'épelle pas ? Sans doute, faute de comprendre, ne faut-il que pressentir. Mais je vous sais clairvoyants et miséricordieux. Vous êtes de ceux, je le sais, qui se tabarnaquent du vrai comme du faux. Adieu, ou à bientôt, *who knows* ? Cliquez sur l'icône numéro deux.

Silence de sous-bois, puis Romain s'écrie :

— Poursuivons, je t'en prie, Irène !

— Oui, j'imagine qu'il le faut. Mais avant, dis-moi ce que signifient les lettres que tu as tapées.

— CCCEPA ?

— On dirait un acronyme...

— C'est comme ça et pas autrement.

— Han ?

— Tu m'as toi-même entendu souvent articuler ces mots-là. Ça vient de lui. À tout propos, et même tout à fait hors propos, il répétait ça : c'est comme ça et pas autrement.

— Mais oui, c'est exact, tu as raison !

— Irène, même si le moment est sans aucun doute mal choisi, je dois t'avouer que je t'ai menti.

— Tu me fais peur. Tu m'as menti à quel propos ?

— À propos de l'argent. Je lui en ai donné. À plusieurs reprises.

— Ah ! Et si je t'avouais à mon tour...

— Oui, je m'en doutais.

— Ah bon ?

— Nous risquons d'être accusés. D'une manière ou d'une autre, tôt ou tard…

— Non. Oui. Peut-être. Continuons, oui. Qu'est-ce que ça peut faire, au fond ?… On continue. Et après tu restes.

— Je reste ?…

— Avec moi. Pour la soirée et la nuit.

— Ça va de soi. Je t'aime, Irène.

— Je vais pleurer, ne fais pas attention.

— Tu veux mon mouchoir ?

— Toi et ton mouchoir !

* * *

On lui a retiré ses anneaux, son épine, sa ceinture, les lacets de ses bottes, ne lui laissant que sa veste de soldat, sa pâleur, son mutisme, son aphonie de captif halluciné. L'homme face à lui – l'inspecteur Fortin, la quarantaine avancée, boule à zéro, œil cauteleux, ses grandes mains velues posées sur la table – s'efforce à l'impassibilité, mais vite le ton monte.

— Je recommence, mon gars. T'es né où ?

— Je viens de loin, d'une éclipse dans la fureur des hommes.

— Tu m'en diras tant ! Jérémie, c'est ton prénom ?

— Z'en pensez quoi ?

— Rien pantoute ! Ton nom de famille, c'est quoi ?

— Il y a certainement quelqu'un qui m'a tué puis s'en est allé, sur la pointe des pieds, sans rompre sa danse parfaite…

— Le type en question, c'était qui pour toi ?

— L'assassin sans lame se perce de lumière, le soleil multiple n'apparaît plus…

— OK d'abord, ce sera pour la prochaine fois ! Tu retournes dans ta cellule !

Il se lève avec une lenteur de moine abandonnant à regret son prie-Dieu et la parfaite quiétude de la chapelle et se dirige non pas vers la porte, mais en direction du miroir sans tain, derrière lequel il sait qu'on l'observe, ne perdant aucun de ses gestes, nulle de ses expressions. Appuyant doucement son front contre la vitre, il bredouille à la fausse nuit du miroir :

— Je roule comme la boue des rivières, les bras chargés de tendresses inutiles…

Juste comme la porte s'ouvre et que paraît le gardien, il dit :

— Je veux du papier, un crayon et un aiguisoir. S'il vous plaît.

— Si c'est pour gribouiller ta confession, *why not* ?

— C'est pour dessiner votre visage.

— Han ?

— La bonté mêlée à la rage qu'on y voit est d'une étrange beauté et…

— Gardien, emmenez-le !

* * *

Ils ont pris la route au petit matin, sous la pluie battante, rajeunis par leur nuit blanche. Leurs gestes tendres dans le noir, leurs souffles enfin emmêlés, ses mots à elle chuchotés contre son épaule à lui, ses soupirs à lui soufflés au creux de sa paume à elle, la complicité de la pluie fouettant la fenêtre.

L'ordinateur est relégué sur la banquette arrière. Ils en savent déjà trop.

Ils s'étaient subitement arrêtés, la veille au soir, essoufflés de n'avoir déchiffré que le dixième peut-être du récit du garçon, façonné à la manière de ce que Romain a reconnu comme étant un roman graphique. Des silhouettes hâtivement crayonnées, survolées de bulles où grimpaient les uns sur les autres des signes plus compliqués à déchiffrer pour les vieillards qu'ils sont que le mode d'emploi sur une boîte de médicament. Leurs genoux se frôlaient sous la table, le souffle en était venu à leur manquer, le soir tombait, gris et rose, la chambre les conviait, silencieusement. Puis il y avait eu la tendresse de la nuit.

— Où veux-tu aller comme ça, Romain ?

— À ma fin, sans trop souffrir.

— Qu'est-ce que tu racontes ?

— Je fais le fou. En fait, je t'emmène sur une petite plage où mes dix-sept ans, que tu me redonnes si généreusement, imprudemment peut-être, ont été heureux.

— Tiens, tiens. Et tu comptes y faire quoi ? Me demander en mariage ?

— Pourquoi pas ? Un genou planté dans le sable, te demander ta main, ce serait…

— Non merci !

— Je me disais, aussi. Les actrices et le mariage…

— Une fois m'a suffi !

— Ah, parce que…

— Qu'est-ce que tu crois ? Pas moins folle

qu'une autre ! Pierre D'Alcantara, grand jeune premier, fils de juge, beau comme un dieu et menteur comme un arracheur de dents. Mauvais acteur, mais je ne m'en rendais pas compte, évidemment.

— Raconte !

— Si tu me promets de garder les yeux sur la route.

Elle prend son souffle comme l'athlète et plonge.

— Nous jouions *Le Cid* de Corneille. Pierre avait rebaptisé la pièce : *Qu'est-ce qu'il est joli garçon, l'assassin de papa.*

— Très drôle.

— Ouais ! Il m'a eue par son ironie, le salaud.

— Et par sa beauté de dieu du stade !

— Un peu gringalet, le dieu du stade, m'enfin. Quoi qu'il en soit, voilà qu'un soir, Rodrigue – c'est le nom du héros de la pièce…

— Je sais. On a lu, ici, tout de même !

— Pardon, pardon ! Donc, Pierre-Rodrigue, ayant ce soir-là fait la sieste entre le deuxième et le troisième acte, se réveille en sursaut et, croyant venu le moment de son entrée en scène, déboule dans le décor, l'épée entre les jambes et le regard halluciné. Or, il se trouve que le roi en était à tenter de sonder le cœur de Chimène, qui croit Rodrigue mort au combat. Tu peux imaginer ? Subitement, le mort est devant elle ! Chimène – moi-même, tu l'auras compris –, deux poignards dans les yeux, le dévisage. Le roi pétrifié tombe sur son trône, comme frappé par une flèche. Pierre du coup se rend compte de sa méprise et aussitôt entreprend d'exécuter une désopilante pantomime de spectre. Les bras au ciel, débitant une lamentation d'étripé, il sort comme un derviche tourneur, laissant au roi et à Chimène – toujours moi-même, tremblant d'un fou rire irrépressible, à vrai dire scandaleux – le soin de prononcer, vaille que vaille, les vers suivants, comme si de rien n'était.

— Et le public… ?

— N'y a vu que du feu, ou alors a cru à une brillante astuce du metteur en scène.

— Et, bien sûr, ce soir-là, un coup le rideau tombé…

— J'ai flanché. Ça a duré trois ans. Grandeur et misère d'une courtisane – ce n'était pas du tout, comme on dit dans le métier, mon emploi ! Ses coucheries à droite et à gauche, ma rancœur, disons, cornélienne, et puis brusquement il a disparu.

— Comme lui.

— Tu n'arrives pas, toi non plus, à ne pas y penser…

— Je n'y pense pas. Il surgit. Comme le derviche tourneur de ton récit, au moment où on l'attend le moins.

— Oui… Si tu n'as pas beaucoup ri de mon histoire, c'est que je te l'ai déjà racontée, c'est ça ?

— Pas aussi bien que cette fois-ci.

— Quelle horreur !

— Mais non !

— Mais si !

— Regarde ! Tu vois le lac, là, au travers des branches ?

— Mon amour, mon ami, si tu savais comme j'ai peur !

Il immobilise la voiture au bord d'un champ, abaisse les vitres : odeur du mélilot, trilles de la sturnelle, bruissement de chute des feuillages. Il allonge le bras. Elle l'attrape comme le presque noyé saisit la branche qui passe. Elle a les yeux fermés, mais deux grosses larmes roulent sur ses joues. Il murmure :

— *À vaincre sans courage, on triomphe sans gloire.* C'est à peu près comme ça qu'il formule la patente, l'ami Corneille, non ?

Elle lâche un surprenant rire de petite fille et dit :

— Avec toi, par toi, grâce à toi, peut-être…

— Voilà, on y est presque.

* * *

Ni crayon ni papier ? Qu'à cela ne tienne, il sait tout par cœur et depuis toujours. Tout ce qu'il a écrit, dessiné, tout ce qui précède l'aveu palimpseste qu'il leur a fourgué entre les mains comme un cadeau empoisonné. Tout ce qui compte le plus et qui se trouve dessous, derrière, au-delà. Le temps d'avant la rage, alors qu'il pouvait encore faire n'importe quoi, qu'il créait le monde, qu'il avait naïvement confiance. À peine sa frousse pour le petit lui donnait-elle, par à-coups, le tournis. Mais le désespoir ne se montrait pas, pas encore, serpent endormi dans l'herbe au bord du chemin. Pourquoi donc, ce matin, est-il à la fois si amer et si doux d'y retourner ?

Ni papier ni crayon, qu'importe ! Une

encre invisible coule au bout de ses doigts. Il aimait à la folie, autrefois, ces histoires de prisonniers barbouillant de leur sang la pierre de leurs cachots. Bafouant l'isolement, chauffés d'une espérance mortelle, ils contaient leur destin individuel tout en jetant dans le vide d'un avenir interdit la prophétie d'une maladie furieuse, cataclysmique. Le monde allait bientôt être détruit, eux seuls le savaient, qui traçaient de leur sang le soupçon irréfutable de l'anéantissement.

Hier n'est plus, demain est improbable et aujourd'hui plane sans ailes. Reste l'innocence primordiale, mes sœurs, mes frères, milliers d'astres durs. Restent les vieux chocs, les étoiles fruitées, la désobéissance impérissable. Reste l'enfance – son envol confiant, le grand arbre dans la fenêtre, les partances à l'aube vers les îles où l'on peut pleurer sans chialer.

Il recule de dix pas, se relit à voix basse. Chacun des mots est à sa bonne et vraie place. Plus tard, les visages, plus tard.

* * *

Elle ne disparaît pas, l'éclaircie inespérée de la nuit, la mystérieuse aisance de leurs gestes. Leurs corps allongés l'un contre l'autre, leurs lèvres scellées, leurs souffles emmêlés, leur réveil de jumeaux parallèles au petit matin.

— À présent, dis-moi comment et pourquoi tu as été si heureux ici, autrefois, sur cette petite plage.

— Comment te dire ? Cette plage a été le lieu magique de l'acceptation inconditionnelle de ma solitude et du commencement de ce que je me souviens avoir nommé alors mon égoïsme dévoué…

— Plus simplement ?

— Nietzsche était en permanence, cet été-là, dans la poche de ma veste de séminariste. Je sentais que le philosophe disait vrai, mais ne parvenais pas à démêler la clairvoyance de l'esbroufe dans son discours.

— Je n'y ai moi-même jamais rien compris.

— Il faut s'y enfoncer comme dans un sous-bois épineux, les bras lancés devant soi et les yeux à demi fermés.

— Alors, l'illumination ?

— Eh bien, tu vas rire, elle m'est venue par une sorte de jeu de cache-cache avec moi-même. J'étais là, en fait exactement ici, allongé sur ce sable, comme en ce moment…

— Mais seul.

— Atrocement seul, oui. Et pour ainsi dire à califourchon sur mon destin. Serais-je enseignant, écrivain, moine, génial, imbécile à jamais errant ? Aimerais-je un garçon, une fille, un chat, un chien ? J'emplissais ma paume de sable, que je faisais couler sur ma cuisse, et c'était mon inutile durée sur la terre que je regardais cascader, qui ne laissait au creux de ma main qu'une poussière insignifiante…

— Écrivain, tu aurais pu le devenir.

— Peut-être. Mais j'étais et suis resté avant tout un lecteur. Et, précisément, la tête je ne sais où, j'attrapai le livre – *Ecce homo* –, le lançai en l'air, le regardai planer un moment, puis tomber sur le sable comme un oiseau abattu en plein vol. Déjà, je me sentais mieux. J'ai empoigné le livre et j'ai lu : *Devenir ce qu'on est suppose qu'on n'a pas la moindre idée de ce qu'on est.*

— Et les écailles sont tombées de tes yeux !

— Pas tout de suite. Ou alors, oui, si tu

veux, quelques miettes des écailles dont tu parles et que le vent a emportées.

— Tu as enseigné, quoi, trente, trente-cinq ans ?

— Trente-neuf.

— Et aujourd'hui, prenant sans cesse parti pour les faibles, les démunis, comme tu le dis si bien, les malades d'eux-mêmes, tu continues d'enseigner, c'est-à-dire de donner. C'est ça ?

— Encore une fois, à peu près ça, oui.

— Et, avec moi…

— Non, avec toi c'est nouveau. Extraordinairement nouveau. Je prends, je crois, plus que je donne. Et là, franchement, tout peut arriver.

— Tu as peur ?

— Peur, non. Le monde est en chamaille, courant sans doute à sa perte, et nous naissons, tous les deux.

— Parlant de chamaille…

— Ouais… Lui !

— Lui, bien sûr.

Ils se taisent, admirent un moment l'incendie allumé au large par le soleil qui descend sur les vagues, une chaloupe qui abandonne derrière elle des rides d'or, puis tournent ensemble la tête vers la serviette bleue sur laquelle est posé l'ordinateur de Jérémie. Elle dit :

— Nous n'aurions sans doute pas dû le laisser comme ça au soleil. Et s'il explosait ?

— Nous en serions quittes pour ignorer à tout jamais la nature exacte de son forfait. Et qui sait si ce ne serait pas mieux ?

— Ne dis pas de bêtises. La pile…

— … est en fonction, je l'ai rechargée ce matin.

— Alors ?

— Alors, quoi ?

Elle lui attrape la main, la serre fort, trop fort.

— Je t'en prie, Irène, dis-moi à quoi tu penses.

— Et s'il s'était… radicalisé ?

— Tu veux rire ! Non. Le petit salaud ne croit ni en Dieu, ni en Allah, ni au diable. C'est à peine s'il prête foi à ce qui l'entoure.

— L'autre nuit, en rêve, je l'ai vu entrer dans ce qui m'a semblé être une église délabrée, la poitrine bardée d'explosifs et qui criait : il faut que le monde aille à sa perte !

— Il est tout bonnement happé par le

débile appétit de la catastrophe. C'est propre à son âge.

— À trente ans, tout de même…

— Han ? Qu'est-ce que tu dis là ?

— Il ne t'a jamais révélé son âge ?

— Foutaise ! S'il en a vingt, c'est beau !

— Il a trente ans, Romain. Il me l'a dit et je l'ai cru. Trente ans ! Et c'est bien ce qui m'inquiète. Et si, comme il le dit, l'écrit lui-même, tout était trop tard pour lui ?

— Ouais…

Ce n'est pas l'envie qui lui manque de lancer en l'air la machine funeste, qu'il agrippe comme on saisit par la peau du cou le chat enragé et qu'il pose sur ses genoux. La navigation déjà est moins malaisée. Romain clique à présent comme il respire. Icône numéro un. Le portrait de Jérémie apparaît brièvement, puis s'étoile. Apparaissent alors, en rafale, d'autres images de leur jeune ami, en séquence saccadée, véloce. Des bougés flous, embrouillés. Jérémie en *squeegee*, aperçu à travers le pare-brise d'une voiture, sa capuche lui masquant le visage, brandissant un essuie-glace menaçant comme l'enfant son épée de carton. Jérémie torse nu, lunettes de soleil sur le nez : il pousse un fauteuil roulant dans lequel un vieil homme est assis, menton levé vers le garçon, yeux fermés et grimaçant un sourire à faire peur. Jérémie allongé sur la grille d'une bouche d'aération, les bras croisés sur son visage, écrasant dans son poing une seringue à demi remplie d'un liquide verdâtre. Jérémie de dos, appuyé contre un arbre, devant lui une silhouette floue, peut-être celle de l'homme en fauteuil roulant, mains jointes lancées devant lui comme un qui supplie. Jérémie dans une demi-clarté de crépuscule, debout devant un mur de brique, achevant de peinturlurer à l'atomiseur, en rouge sur fond noir, les mots JE VIS DANS UN MONDE DIFFÉRENT, MAIS TOI AUSSI ! TU ES, COMME MOI, UNE PASSION ENTOURÉE ET SEULE !

— Tu y comprends quelque chose ?

— Irène, comment veux-tu… ?

— Qui donc a pris ces photographies ? En tout cas, ces mots-là sont les siens. Je ne reconnais que trop bien son style.

— Moi de même. Mais le sens… ?

— Ces photos… On dirait des clichés vantant les mérites d'un jeune bénévole au-dessus de tout soupçon.

— En effet.

— Romain, notre jeune ami pourrit derrière des barreaux et nous sommes là à tenter de déchiffrer une sorte de jeu de piste à nous seuls destiné.

— Si tu veux.

— Oh, Romain, c'est trop compliqué, j'ai la tête qui tourne. Et puis j'ai froid.

— On va rentrer. Sandwichs, un verre de ce bon rouge que le gamin nous a hier soir empêchés de déboucher, et on s'y remet !

— Romain, regarde !

— Quoi donc ?

— Le bateau !

— Quel bateau ?

— Là-bas, près de la petite île !

— Ah, oui, je le vois.

— Tu peux lire ce qui est écrit sur la coque ?

— Passe-moi les jumelles.

— C'est vrai, tu n'es pas seulement sourd, tu es aveugle aussi. Tiens !

— Je t'en devrai une ! *L'enjôleur.*

— Han ?

— C'est écrit *L'enjôleur*, sur la coque de ce bateau.

— C'est tout à fait lui, non ? C'est un signe !

— Un signe ? Un signe de quoi ?

— Il se joue de nous, ou plutôt il joue avec nous. Mais on va le tirer d'affaire, j'en suis certaine !

— À la bonne heure, là tu parles ! Je t'aime, Irène.

— Pas moi, tu es trop vieux, Charles Boyer !

— Quelle importance puisque tu vas bientôt oublier mon âge en même temps que tout le reste, Marlene Dietrich !

— Salaud !

— Tu l'as cherché. On y va ?

— Romain, tu as couché avec lui, avoue-le.

— Non. Ce n'est pas faute de… Enfin, je crois que lui aurait bien voulu. Mais pour de l'argent. Et ça, non. Il se serait laissé faire, tu parles, et alors j'en aurais été quitte pour…

— Oui. Pareil pour moi. Mais tu l'aimes.

— Mais je l'aime, oui.

— Quels vieux fous nous faisons, tous les deux.

* * *

Il n'en revient pas. Entre le sommier et le matelas de son lit, un petit livre. Sur la couverture, la tête vert et or d'un perroquet et, tout en haut, le titre *Un cœur simple* et le nom de l'auteur, Gustave Flaubert. Sans doute une bluette sentimentale que l'enfermé qui m'a précédé dans cette cellule a feuilletée sans éprouver l'allègement escompté. Il déchiffre la première page et tout de suite le cœur lui cogne les côtes. Mais oui, bien sûr, le perroquet de la couverture m'a floué ! Félicité, la servante tour à tour impassible et exaltée ! Mais oui, je l'ai autrefois considérée comme ma grande sœur en espoir et en misère, ma pareille du bon vieux temps. *Elle grelottait sous des haillons, buvait à plat ventre l'eau des mares, à propos de rien était battue…* Il tremble, ses yeux se mouillent, les mots s'embrouillent. Qu'importe, il sait par cœur de longs passages du petit livre, qu'il se récite à voix basse. *Elle n'était pas innocente, car les animaux l'avaient instruite.* Il revoit les violents et beaux accouplements des chevaux, dans le pré derrière la grange du grand-père. L'amour est un combat, nul ne gagne, nul ne perd, l'essoufflement comme seule victoire et l'on s'endort dans le merveilleux oubli, la tête à l'ombre et le corps au soleil. Félicité et le taureau. Félicité qui lance à la grosse bête furieuse des *plaques de terre arrachées du sol à pleines mains.* Loulou, le perroquet, est son seul ami, son confident radieux. Le bout des ailes rose, le front bleu, la gorge dorée. Loulou qu'elle a sorti de la mort *en grattant de ses ongles la vilaine croûte qu'il avait sous la langue, qui se pose sur son épaule et qui jacasse au milieu de tous ces êtres qui fonctionnent avec le silence des fantômes…* Il a de nouveau quatorze ans et tourne les pages mouillées, pleurant sans s'en apercevoir, l'esprit envolé dans la tranquille et déchirante passion amoureuse de la servante pour *l'oiseau qui est tantôt un feu, tantôt un souffle.* L'adoration. L'adoration et la soumission, oui, comme avec le petit. Le Saint-Esprit hors de sa cage. Il manque s'évanouir, comme autrefois, épiant Félicité pleurant la mort de son jeune frère *tout en battant chemises et caleçons au bord de la rivière, donnant des coups si forts qu'ils s'entendaient dans les jardins d'à côté.* Il ne lit pas, ne relit pas : il est revenu très loin en arrière, à l'âge d'azur et de tonnerre, de larmes bonnes et de ces grands éclairs de clairvoyance qui le privaient de sommeil, de boire et de manger, époque de candeur, la confiance au champ, lui et le petit, abandonnés contents, pieds nus dans l'aube. Il prononce tout haut, cœur dans la gorge, voix chevrotante : *elle crut voir, dans les cieux entrouverts, un perroquet gigantesque, planant au-dessus de sa tête…*

Ma naissance est un affreux hasard et, dès que je m'oublie, je me comporte comme si elle était un événement capital, indispensable à la marche et à l'équilibre du monde, dont par ailleurs je me fous comme de la crotte de chien. Voilà ma vraie faute. N'est pas humble celui qui se hait. Et c'est pas la peine de se tuer puisqu'on se tue toujours trop tard. Oh, Félicité, ma sœur, ton petit frère s'est perdu ! C'est toi qui avais raison : regarder sans comprendre, c'est ça, le paradis…

Non ! Pas déjà le brasier, non ! Dire oui à la vérité est inéluctable, je le sais bien. Si Félicité me bouleverse encore autant, c'est bien sûr à cause du petit. Le brasier n'est rien. Le brasier ne compte pas. Mais qui pourra me dire pourquoi l'innocent se sait coupable, alors que le salaud se croit innocent ?

* * *

Ni l'un ni l'autre n'a fermé l'œil. Toute la nuit ils ont, chacun de son côté et sans oser réveiller l'autre, aperçu tour à tour les deux visages. Celui de l'homme au sourire carnassier et celui de l'enfant chétif, la tête encerclée d'une auréole, comme celle d'un saint martyr. Les deux photographies apparues sur l'écran. Aux alentours de minuit, juste comme Romain allait abandonner, démoralisé, Irène, comme si elle avait eu sous les yeux le fin mot de l'énigme, s'était écriée :

— Ces deux-là savent tout, pas de doute !

— Peut-être. Mais qui sont-ils ?

— Je suis morte et tu dors debout. Demain, peut-être…

— C'est à s'arracher les cheveux par poignées entières !

— Il ne t'en reste pas assez pour ça, très cher. Allons dormir et demain…

Nous sommes demain, au petit matin. Le merle piaille, le vent brasse les feuillages dans la fenêtre. Irène frissonne. Elle a peur et en même temps suppute elle ne sait quoi. On ne prête pas sa voix, ses cris, ses gestes à Électre ou à Antigone sans qu'il nous soit octroyé quelque clairvoyance, même embrouillée. Il lui avait fallu tant de fois affronter spectres, revenants et fantômes qu'elle se croyait apte à décoder signes et présages.

— Romain, tu dors ?

— Bien sûr que non.

— Alors, écoute-moi.

— Café d'abord ?

— Ils sont reliés, tous les trois. Peut-être même parents.

— Qui donc, très chère ?

— L'homme laid, l'enfant malingre et Jérémie.

— Mais, comment ?

— Le journal !

— Il doit être sur le pas de ta porte, comme chaque matin.

— Non ! Celui d'hier !

— Dans la poubelle. J'en ai enveloppé les épluchures de légumes. Pourquoi est-ce que…

— Que je suis bête ! Je n'ai sur le coup pas porté attention. Pourtant le cœur m'a battu !

Il la regarde non pas marcher mais courir, les pans de sa robe de nuit battant derrière elle comme les ailes d'un ange fatigué mais alerte.

Ma résurrection qui vole. Il sourit à l'arbre dans la fenêtre. Malgré la fatigue, il est saisi d'une espèce de soupçon, incertain, intermittent comme ce muscle qui parfois pulse dans son cou. Mais ça passe. Il s'étire précautionneusement. Je ne suis vieux que le matin, c'est tout de même une chance, non ? Et, oui, je trébuche de plus en plus souvent mais… Et elle… Il n'a pas le temps de penser plus loin, la voici qui revient, se plante au pied du lit, tenant ouvert le journal maculé du sang des betteraves de la veille au soir.

— Regarde bien !

— Mais c'est tout crotté ! Comment veux-tu…

— L'homme, sur la photo ! C'est le même que sur l'autre photo !

— Irène, tu délires !

— Je t'en prie, chausse tes lunettes !

— Mes lunettes ?

— Là, sur la table de chevet !

— Bien, bien ! Et alors ?

— C'est lui, non ?

— Peut-être. Mais tout barbouillé comme ça…

— Romain !

— Oui, bon, admettons qu'il s'agit du même sinistre personnage. Mais…

— C'est sa victime !

— Han ?

— Attends, je te lis la vignette ! *Voici le visage de l'homme, Régis Guité, dont le corps presque entièrement carbonisé a été retrouvé dans les décombres de sa maison incendiée de Saint-Jean-de-Matha, il y a de cela deux mois…*

— J'entends. Et alors ?

— Alors, c'est lui ! C'est le mort. Son mort ! Explique-moi comment ce visage de tueur a pu apparaître à la fois sur l'écran de son ordinateur et dans le journal ?

— Mais je ne sais pas, Irène !

— Il n'y a pas de doute, c'est bien lui ! Ses brusques disparitions sans raison ! Enfin, Romain, réfléchis ! Les dates ne trompent pas. Cet homme de la photo, dans son fauteuil roulant que pousse Jérémie ! Tu vois bien qu'il s'agit du même cliché. Et puis l'incendie de la maison. Jérémie a mis le feu à la maison de ce type au visage de bourreau. C'est ça, son délit, son…

— Son… son crime.

— Parfaitement !

— Bien sûr, c'est comme ça et pas autrement.

— Alors, on continue ?

— On continue.

* * *

Le rang noir de la rivière, les maisons abandonnées, défoncées... Le petit n'a pas de conscience encore, mais il a des yeux pour voir, des oreilles pour entendre. Il a surtout un cœur, qui parfois cogne à lui déchirer les côtes. Thomas n'a pas peur parce qu'il ne sait pas. Thomas regarde et écoute mais il ne voit pas, n'entend pas. Thomas n'aperçoit encore le bonhomme que de loin, silhouette parmi les silhouettes. Il tremble pourtant, mais sans comprendre. La voix du père qui monte, le poing qui se crispe, les dents qui grincent. Où es-tu, où vas-tu, mon petit frère ? Non, pas par là ! Reste ici, près de moi, avec moi, on est bien là, sous la galerie en compagnie du chien qui t'aime et des bibites inoffensives, de l'odeur calmante de la terre, de l'herbe, du sable. DANGER DÉFENSE D'ENTRER ! Effroi et excitation mêlés. Et ce grand silence des cabanes depuis longtemps désertées, ni femmes, ni hommes, ni enfants, leurs ombres seulement, leurs rires de fantômes, leurs soupirs désâmés. Le père et les autres hommes. La colère, les voix qui se perchent, cris d'outardes ou feulements de bêtes qui vont se battre au sang. Je reviens de si loin, d'une vie d'éclipse dans la fureur des hommes… Je roule dans la dure tendresse des rivières, avec dans les bras une rage inutile.

Thomas dit, répète mes mots, mais n'en comprend pas le sens, qui est derrière les mots. Il se montre une seconde, se cache aussitôt, se pointe de nouveau, s'esquive encore. Je répète tout de même, j'épelle, étirant les syllabes : soleils sur la blancheur de la banquise. Les mots scintillent dans ses yeux et tout de suite s'éteignent. Si jamais il te touche encore… ! Il ne prononce pas ces mots-là. Comme une émanation létale, il a humé la chaude haleine de whisky, en a suivi l'effluve écœurant jusqu'au seuil de la chambre. Le grincement de ses gonds et tout de suite la porte claque. Il a eu beau plaquer ses poings sur ses oreilles, il a écouté les clapotis de salive, les grognements de bête en chaleur. Il sait. Depuis un bon moment, il sait…

— On va dans la pointue, comme hier ?

La pointue, l'église abandonnée, son clocher mangé de rouille, ses vitraux éclatés. Sur l'arche de son portail, deux madriers cloués en croix. Thomas connaît à présent par cœur le passage secret. Un soupirail à ras du sol qui donne sur l'ancienne sacristie, avec ses aubes mitées, ses chasubles aux ocelles décolorées comme les yeux d'un chat malade. Thomas saute le premier, tombe sur des éclats de verre qui font un délicat bruit de vaisselle. Il saute à son tour, funèbre de partout, le cœur sous la langue. Thomas enfile un surplis blanc et psalmodie il ne sait quelle litanie connue de lui seul.

Il mime un rituel qu'il n'a jamais vu, auquel il n'a jamais assisté. Jérémie rit aux éclats et alors Thomas s'affale sur le plancher et fait le mort, longtemps. Non, pas ça ! Relève-toi, mon petit frère, il faut rentrer ! Thomas marmonne, d'une voix faible, si faible :

— Elle est où, maman ?

— Partie.

— Où ? Au ciel, avec lui qui dort debout sur la croix ?

— Oui.

Si jamais il te touche encore, je le tue. Au ciel, oui, avec les anges et les saintes comme elle. Je suis la fêlure d'un père. Je suis l'enfant mort-né.

* * *

Il en est à creuser le sourire du deuxième Jean qui rit avec son ciseau fin. Il en a eu l'idée la veille au soir, quand il est tombé sur un vieux programme de théâtre, au fond du tiroir où Marguerite rangeait ce qu'elle appelait ses petites affaires pas vraiment personnelles. Les deux masques, l'un qui rit, l'autre qui pleure, personnifiant l'essence même du théâtre, la comédie et la tragédie, emboîtés l'un dans l'autre, fusionnés, indissociables. Seulement, pour Irène, ce sera deux Jean qui rit, imbriqués l'un dans l'autre, en fait leurs deux visages rieurs lèvres contre lèvres.

Il besogne en sifflotant. Ayant retiré ses appareils, il n'entend pas la sonnerie du téléphone. Elle stridule sans finir, si bien que vingt minutes plus tard, rechaussant ses bidules, il grimpe l'escalier à quatre pattes comme le vieux chien arthritique qu'il est devenu et décroche le récepteur d'une main enfarinée de bran de scie.

— Allô !

— Où diable étais-tu ? Ça fait une heure que je te sonne !

— Peux pas te dire, c'est – ou plutôt ce sera – une surprise.

— Une autre ? Déjà les fleurs…

— Quelles fleurs ?

— Les gerberas ! D'ailleurs, j'appelais pour te remercier. Comment as-tu deviné que c'étaient mes fleurs préférées ? Ceux couleur abricot surtout. Ils font merveille sur ma table, ce matin.

— Mille pardons, mais ils ne sont pas de moi.

— Comment ?…

— J'ignore absolument à quoi ressemble ce que tu appelles un vergera, très chère.

— Gerbera ! C'est une grande marguerite d'Asie, ou d'Afrique, très colorée… Mais, alors, si les fleurs ne sont pas de toi… ?

— Elles sont de lui !

— Impossible ! Comment… ?

— Va savoir ! Il y avait une carte ?

— Une carte ?

— Avec le bouquet !

— Heu… Non, je ne vois pas.

— Regarde bien.

— Je regarde, je regarde ! Non, rien !

— L'emballage ?

— Quoi, l'emballage ?

— Les gerberas ! Ils sont bien arrivés emballés ?

— Mais oui, mais oui, ils sont arrivés emballés !

— Qu'as-tu fait du papier ?

— Je ne sais pas, Romain ! J'ai dû le jeter. J'ai oublié. Tu sais, de jour en jour…

— Irène, va voir dans ta poubelle, celle des déchets inorganiques !

— Elle est devant ma porte, je l'ai descendue tout à l'heure…

— Marche vers la fenêtre et dis-moi si tu la vois !

— Bon, bon, je marche ! Aïe, mon genou !

— Vite, Irène !

— Tu ne veux quand même pas que je m'affale sur le plancher ?

— Alors ?

— Oui, elle y est, je la vois…

— Bien. Descends !

— Mais je suis en robe de nuit !

— Qu'est-ce que ça peut faire ? Descends !

— Je suis déjà dans l'escalier ! Oh, mon Dieu !...

— Quoi ?

— Le camion !

— Quel camion ?

— Celui des éboueurs ! Il tourne le coin !

— Dépêche-toi !

— Mais je fais ce que je peux ! Avec mes vieux genoux...

— Tu y es ?

— Presque ! Non, attends !

— Quoi encore ?

— UN INSTANT ! UN INSTANT !

— Ne crie pas, j'ai mes appareils !

— Non, je criais au chauffeur du camion ! Bon, ouf, j'y suis !

— Tu l'as ?

— Je l'ai ! Je cherche quoi ?

— S'il n'y a pas quelque chose d'écrit sur le papier d'emballage.

— Attends ! Oui ! Je lis : ça, c'est le bouquet.

— Qu'est-ce qui est le bouquet ?

— C'est ce qu'il y a d'écrit sur le papier : c'est le bouquet.

— En caractères d'imprimerie, non ?

— Oui.

— Sans doute le nom de la boutique du fleuriste. Ce serait plutôt au crayon ou au stylo…

— Ah !

— Quoi ?

— Ces pattes de mouche… Ce n'est pas son écriture.

— Bien sûr ! Il aura demandé au fleuriste d'écrire pour lui.

— Tu crois ?

— Tu peux arriver à lire ?

— Attends ! Bonté divine, quel charabia !

— Tu veux que je vienne ?

— Attends ! Je crois que je déchiffre… *Ma haine était si intense que seul un cheveu la séparait de l'amour…*

— La haine, c'est le motif !

— On s'en doutait, non ?

— Tu peux déchiffrer autre chose ?

— Peut-être…

— Quoi ?

— Attends, l'encre est délavée…

— Sans doute l'eau des fleurs…

— Oui… Ça y est, j'y suis. *Cliquez sur l'icône* T.

— *Thé,* comme la boisson ?

— Non ! *T* ! La lettre *T* !

— Il me fatigue avec son foutu jeu de piste !

— Tout de même, il faut aller voir ! Je remonte faire du café et je t'attends.

— J'arrive. Fasse Dieu…

— Comme tu dis !

* * *

Il n'a qu'à fermer les yeux pour y être. Le champ de mil, le grand chêne, le sentier d'herbe couchée, les saules qui pleurent dans l'eau. Il fend la haute houle des ronces qui lui griffent les bras, les cuisses, traverse le sous-bois, écoute triller la grive. S'il avance à la fois si lentement et si vite, c'est parce qu'il sait. C'est que souvent l'inimaginable lui est apparu. Il l'a chassé à grands coups de poing, comme on s'évertue à tuer en rêve l'ennemi sans visage. Là-bas, au milieu du courant… Non, pas tout de suite ! D'abord la baie, la petite crique, la longue pierre plate où ils s'allongeaient tous les deux pour se sécher au soleil. Non, pas ça non plus ! Il revient sur ses pas, avise le chêne, y grimpe. À califourchon sur une branche il souffle, il attend. Ne pas tourner la tête vers la rivière, attendre encore, toucher du bois, caresser l'écorce, prier, supplier. Le soleil naufrage dans les pins, là-bas, sur l'autre rive. C'est beau. Ça n'a jamais été beau comme ça. C'est beau comme une dernière fois, ça déchire le cœur. Garder les yeux fermés, attendre encore, faire comme s'il s'agissait d'un soir comme tant d'autres. La tête de Thomas sur son épaule, sa voix comme une chanson, son souffle tiède contre son cou, une paix soudaine, inespérée. À hauteur d'aigle, la douceur de l'oubli, la chanson de l'oubli. Non, ne tourne pas la tête ! Le désespoir tue, tu le sais ! Mais c'est plus fort que lui, sa tête se dévisse toute seule, à lui faire craquer les vertèbres de la nuque. Non ! Il n'y aura rien ! Éloigne-toi, sépare-toi de ce qui sans cesse t'oblige à répéter non ! Prends parti contre toi-même, ne regarde pas ! Très vite il est trop tard. Il a vu. Ce rouge dans l'eau, sang inexplicable, surabondance de sang... C'est sa chemise qui fait la méduse, ondule dans le courant, comme la lâcheté louvoie au fond de toi. Tu n'as rien fait, tu as laissé faire, le noyé c'est toi et c'est Thomas qui dérive, le corps de Thomas, la dépouille de ton petit frère ! Seul il comptait, seul son génie innocent comptait et pourtant… Il se laisse choir de l'arbre, aïe, ça fait mal ! Malgré sa cheville foulée, il court sur la grève, entre dans l'eau, il en a vite jusqu'aux genoux, aux cuisses, au ventre. À mesure qu'il avance, qu'il se rapproche de Thomas, du corps de Thomas, de Thomas qui se noie, sa tendresse vire à la rage, le ciel est en sang, les oiseaux se sont tus. Ce ne sera plus jamais la peine de te souvenir, de grimacer l'ancien sourire, le tien, le sien, le vôtre, votre risette de pauvres innocents. Tu devras tuer. Reste à savoir quand et comment. Peu importe qu'il faille y mettre du temps. Tu vas apprendre la mécanique compliquée du châtiment, coûte que coûte ! De l'eau jusqu'aux épaules, il fait pivoter le corps, vite il a la tête de Thomas entre ses mains, ses lèvres sur les siennes, il aspire, souffle, bat la poitrine du petit. Thomas coule, il le remonte. Il recommence, n'aspire plus mais insuffle, insuffle peut-être la mort.

Tout est de ta faute, mais tu tueras le tueur d'innocence, tu en fais le serment à Thomas.

— Ne me demande pas pourquoi. Ne me demande pas non plus de pardonner, Thomas ! N'exige pas que je renonce, il est trop tard ! Mais, si tu le peux, de là où tu es, fais en sorte qu'avec eux, qu'à cause d'eux, grâce à eux, quelque chose encore soit possible…

* * *

Ils se sont mis sur le balcon. Sur la table, l'ordinateur, un pot de café, deux tasses et une assiette de scones. Il va y avoir de l'orage, ça gronde à l'est, sur les toits sont échoués de gros nuages couleur prune. S'ils ne parlent pas, c'est qu'il y a eu tout à l'heure ce que Romain, en secret, a appelé un petit coup de théâtre. En lui ouvrant la porte, Irène lui a demandé ce qui l'amenait de si bon matin, alors qu'il était deux heures de l'après-midi et que c'était elle qui lui avait demandé de venir. Ils se sont regardés longtemps comme deux chiens de faïence, puis elle a eu comme un drôle de hoquet, s'est appuyée au chambranle – il a cru qu'elle allait s'évanouir – et brusquement c'est revenu : le coup de fil, l'heure qu'il était et le café qui coulait à la cuisine. Mais la courte aphasie a laissé comme une fraîcheur dans l'air et les voilà tels deux vieux gamins punis pour une faute grave et involontaire qui fait subitement d'eux des étrangers. La frousse passée, Irène retrouve son aplomb.

— Clique, Romain ! L'icône *T* ! Là, tout en bas de l'écran !

— Oui, oui, bien sûr !

Il clique. Surgissent, l'un fondant derrière l'autre, des clichés en noir et blanc sur lesquels apparaît un bambin aux grands yeux effarés, la tignasse en bataille, tantôt nu, accroupi dans l'herbe, avec derrière lui ce qui semble être un hangar déglingué, tantôt sagement assis sur un banc de bois, dos à un mur de brique, vêtu d'un costume d'écolier trop grand pour lui, tantôt encore en maillot de bain, au sommet d'une colline, la crinière au vent, pointant un bras en direction du soleil et de l'autre montrant la grande tête ébouriffée d'un chien qui semble se lancer sur lui. Toujours, dans le regard de l'enfant, la même lueur de joie qui fait presque peine à voir. Une flèche apparaît au milieu d'un carré de ciel bleu. Romain clique et, cette fois en couleur et en mouvement, le gamin, culotte trouée, torse nu, se met à courir, longe le courant argenté d'un ruisseau qui projette des ondulations lumineuses dans le feuillage qui lâche des oiseaux comme des flèches. Et alors on entend sa voix, la voix haute et claire de Jérémie :

— Thomas, c'est toi qui fais naître les oiseaux !

L'enfant rit et brusquement disparaît dans l'ombre épaisse de l'arbre. On aperçoit encore un peu du courant passionné de ce qui semble à présent une rivière, son tumulte couvrant le rire essoufflé de l'enfant. Noir.

Silence d'oratoire sur le balcon. Puis un premier coup de tonnerre. Irène sursaute, Romain frémit.

— Thomas !

Romain ajoute, précautionneusement :

— Le petit frère.

— Le petit frère mort.

— Oui. Sans doute par noyade. Cette rivière…

— Oui.

— Oui.

— Le père.

— Le père, oui.

Ils se regardent longtemps sans rien dire, le cœur comme arrêté. Et puis ça déboule.

— Jérémie.

— Thomas.

— L'homme au visage de tueur.

— L'incendie.

— La police.

— La prison.

— Oui.

— Oui.

Deuxième coup de tonnerre. Ils ne bronchent pas. De grosses gouttes tambourinent sur le parasol que déjà la rafale malmène. Il dit :

— Il faudra être forts, tous les deux.

— On le sera.

* * *

Ils sont passés au marché – provisions pour la semaine à venir – et la voiture embaume la fraise bien mûre, le pain frais sorti du four et le chocolat dont les petits déjà se régalent, sagement assis sur la banquette arrière. Romain fredonne, de concert avec la voix du chanteur à la radio, une voix de vieux cow-boy au bout de son rouleau : *mon corps de squelette de rack à chips.* Asha et Migush hurlent en écho : skeletd'rackachip, agitant les mains comme s'ils invoquaient quelque génie ensorceleur.

De longues ombres sont couchées sur la route, et ils les écrasent sans pitié. Les enfants se dévissent la tête pour les apercevoir derrière eux, miraculeusement intactes. Chemin faisant, Romain rumine une espèce d'idée folle qui, petit à petit, se métamorphose en plan de bataille. Tant et si bien qu'au lieu d'enfiler la rue où habitent les gamins, il engage la voiture sur un grand boulevard bordé d'usines et de cours à bois. Acha demande :

— On ne va pas à la maison ?

— Non, Acha. Pas tout de suite.

Migush lève le poing et crie :

— Moi, je sais ! On va voir le prince !

— Le prince ?

— Mais oui ! Ton ami, le prince russe, qui est notre ami aussi !

— C'est lui qui vous a raconté ça ? Qu'il était un prince russe ?

— Quoi, c'est pas vrai ?

— Mais oui, Acha, c'est vrai. Et c'est vrai aussi qu'on s'en va lui rendre visite, tous les trois.

— Où ça ?

— Ah, vous allez voir !

Ils vont voir, en effet, et du coup lui aussi. Au petit matin, il a prévenu le centre de détention. On les attend. Avec les enfants, ce sera plus facile. Tout de même, il ne sera pas aisé de parler… Soudain saisi d'une intuition divinatoire, il s'arrête sur l'accotement de la route. Dans le rétroviseur, les enfants ouvrent de grands yeux éberlués. De la poche de sa veste, il tire un bout de papier – la facture du marché –, en déchire une petite longueur, déniche un crayon à mine dans le coffre à gants et scribouille : *on sait presque tout, je te trouve un bon avocat, n'aie crainte, prince, on va te tirer de là.* Puis il se tourne, étire le bras et attrape sur le dessus d'un sac d'épicerie une pomme d'une bonne grosseur. Les petits ne bronchent pas, yeux écarquillés. À l'aide du canif, en permanence dans la poche de son pantalon, il fore une petite ouverture en fuseau dans la pomme, puis chiffonne le bout de papier et l'insère dans l'interstice. Pas mal, pas mal, et puis qui ne risque rien n'a rien. Ne reste plus qu'à boucher le trou, mais avec quoi ?... C'est alors que Migush, qui n'a rien perdu du manège, produit, au creux de sa paume, le petit tapon de sa gomme à mâcher, peu ou prou du même vert que la peau du fruit.

— Excellent, mon garçon, excellent !

Le gamin hoche la tête comme s'il était du complot.

— À présent, Acha, tu prends la pomme !

— Dans mes mains ?

— Oui, dans tes mains. C'est toi qui vas la lui offrir.

— Ce sera comme un cadeau ?

— C'est ça, comme un cadeau.

* * *

Ils savent PRESQUE tout. Ce *presque* lui donne un furieux mal de crâne. Ou peut-être est-ce l'approche d'il ne sait quoi, condamnation irrémédiable ou libération inconditionnelle, l'une et l'autre proprement inimaginables. L'avocat, comment va-t-il s'y prendre, qu'est-ce qu'il devra dire, comment cet inconnu, sans aucun doute adéquatement diplômé – il ne doute pas que Romain aura choisi un plaideur pour le moins astucieux –, s'y prendra-t-il pour lui redonner sa liberté, son âme, sa vie ?

Quelle chaleur ! On étouffe ici dedans ! Il n'a rien avalé de la gibelotte que tout à l'heure le gardien a posée sur son lit, baissant sur lui le regard à la fois menaçant et apitoyé qui chaque fois lui rappelle celui de son père, la soi-disant victime, celui qu'il appelle son enfant de chienne de géniteur assassin, qui lui tapait dessus et quémandait sa pitié dans un même élan. Il soupire amplement, vire d'un côté, de l'autre, la tête en feu. Sacrifie-toi, c'est le mieux que tu puisses faire ! Pour Thomas, pour eux, qui savent presque tout, pour toi-même surtout.

Un type chante dans la cellule voisine, une mélopée bête mais qui fend l'âme.

— *Elle s'en va, laissant tout derrière elle, elle s'en va-a-a, elle déploie ses ailes…*

Qu'est-ce qu'il ne donnerait pas pour endurer le martyre du plus violent des chagrins d'amour au lieu de cette espérance désespérée qui tantôt le pousse à s'enorgueillir du mal qu'il a fait, tantôt l'humilie, le poignarde ? Dans les regards d'Acha et de Migush, l'autre jour, diamants noirs dans le blanc phosphorescent des prunelles, il y avait cette tendresse sans condition… Dans les yeux de Romain aussi. La rivière avait raison, le silence, ça n'existe pas. Une étoile fruitée marche vers l'appel de ceux qui sombrent. Tiens, je suis encore capable de versifier ! Sel sur la blessure ou baume sur la plaie ? Dessiner dans ma tête, ça tient du cauchemar ! Tous ces serpents enroulés autour d'un corps qui est et n'est pas le mien ! Les tourbillons du remous, la rivière qui s'ouvre, la mort dans les nénuphars…

— Un crayon, du papier, tabarnak à marde !

Cri dans le désert, comme de raison ! Ils me savent déjà timbré, ils me croiront dément fini. Tu deviens moumoune, crétin ! Il se redresse comme un ressuscité, déniche ce qui reste de la pomme fatidique sous son oreiller, la lance en l'air, la rattrape, le bout de papier s'en échappe, vole au-dessus de lui, il le cueille, le porte à sa bouche, le mâche, l'avale. Et si, et si, et si… Il ne s'arrêtera donc jamais, ce balancier dément ? Innocent, coupable, sauvagement abattu, absurdement confiant, mort, vivant, mort-vivant, zombie, erreur fondamentale, pantin à califourchon sur son quartier de lune dans le noir galactique, génie incompris, imbécile consommé, pauvre innocent aux mains trouées… ! L'idiot, le prince idiot, c'est moi !

* * *

— Les dessins sont à la fois effrayants et magnifiques !

— Oui. C'est un artiste, un vrai, pas de doute.

— À présent, on a vu ce qu'il voulait qu'on voie, non ?

— Et même plus ! Assez en tout cas pour agir.

— J'ai peur, Romain.

— Moi aussi. C'est normal. C'est un peu comme le trac avant d'entrer en scène. Et tu connais bien, non ?

— Tu peux le dire ! Je veux disparaître ! Mais les soirs où je n'ai pas peur, ça va en général assez mal.

— Tu vois !

— Tu peux faire de nouveau défiler les dessins ?

Clic : un arbre entièrement architecturé de dagues et de poignards, sous un ciel gris de fer. Tout en haut, en lettres minuscules : *Pas un seul instant où je ne suis pas conscient de me trouver hors du paradis.* Clic : une sphère qu'on dirait faite de mailles d'acier et qui semble tourner dans les flots déchaînés d'une mer couleur de houille. Tout en bas, mêmes lettres lilliputiennes : *N'est profond, n'est véritable que ce que l'on cache.* Clic : un Christ cloué sur sa croix, vêtu d'une redingote en lambeaux, portant couronne de roi mérovingien, une large flaque de sang à ses pieds, visage sans traits hormis un sourire indéchiffrable. Sur son front, ces mots presque illisibles : *N'est pas humble qui se hait.* Clic : un tourbillon de corbeaux auréolant trois soleils accrochés à trois bras qui semblent sortir de terre. Et, dessous, au beau milieu d'un cœur noir : *La clairvoyance est le seul vice qui rende libre, libre comme dans un désert.* Clic : une tête d'enfant, yeux clos, mèche sur le front, sourire d'ange, une guirlande d'épines acérées en diadème sur sa crinière hirsute. Et ces mots, dans la paume d'une main qui sort d'un nuage couleur de sang : *Le dernier pas vers l'indifférence est la destruction même de l'indifférence.*

Clic : de hautes flammes encerclant un corps d'homme couché sur un rocher plat, bras croisés sur sa poitrine, pareil à un saint de pierre dormant sur son sépulcre. Et, sur la peau de son ventre, ces mots : *Est-ce la peine de tuer, puisque qu'on tue toujours trop tard ?*

— C'est clair, non ?

— Oh, Romain, et si on se trompait ? Ou, pire, s'il nous trompait ?

— Irène, le vin est tiré, il faut le boire.

Romain rabat le couvercle de l'ordinateur. Puis il se tourne vers elle et articule à mi-voix :

— T'as fait ta valise ?

— Ma valise… ?

— T'as tout de même pas oublié que nous partons tous les deux ?

— Nous partons ? Mais pour aller où ?

— Tu ne te souviens vraiment pas ?

— Et pour cause ! Jamais nous n'avons parlé d'aller où que ce soit, j'en suis sûre !

— Alors, c'est que c'est moi qui ai oublié de t'en parler.

— Mais…

— Irène, il va voir Antoine et…

— Qu'est-ce que c'est que cet Antoine-là, encore ?

— Maître Antoine Delfour, un ancien et brillant étudiant à moi qui m'assure que ça devrait aller assez vite, et je le crois. Nous ne pouvons plus rien faire. Il va y avoir ce qu'Antoine appelle l'instruction préparatoire, ou quelque chose comme ça. Et ensuite, bientôt croit-il, le procès. Mieux vaut aller nous épivarder, toi et moi…

— Nous épivarder ? Mais tu es fou ! Comment veux-tu qu'on parvienne l'un comme l'autre à trouver l'ombre d'un début de commencement de détente ?

— On verra bien. De toute manière, c'est arrangé. On nous attend.

— Mais qui nous attend ? Et où ?

— Fais ta valise, je vais boucler la mienne et je passe te prendre dans une heure.

— Romain !

— N'oublie pas ton bikini…

— Mon bikini ? Mais t'es tombé sur la tête !

— …celui qui te fait une silhouette à la Grace Kelly !

— Romain !

* * *

— Je sais presque tout.

— Vous itou ? Ben coudonc !

— Grâce à vos deux amis, je crois avoir saisi l'essentiel.

— Vite en tabarnak, monsieur le plaideur !

— Vous…

— Pouvez me tutoyer, je suis modeste comme vous avez pas idée.

— Vaut mieux pas. Sans vouloir vous froisser, donc, vous tâcherez d'éviter jurons et gros mots devant le juge. Croyez-moi, ce sera mieux pour moi et par conséquent pour vous.

— J'y peux malheureusement rien, syndrome de la Tourette, chef !

Il rit, maître Antoine Delfour, grand gaillard à lunettes d'écaille, la quarantaine avancée, costard trois-pièces, souliers vernis de la plus haute qualité, mine avenante mais bleu regard acéré.

— Avant même de vous interroger…

— Pouvez y aller gaiement !

— Non. Ce matin, vous m'écoutez. Ensuite je vous entendrai à mon tour. Ça vous va ?

— Comme un gant ! Gant de fer, mais gant tout de même.

— Bien. On m'a dit que vous vous exprimiez plutôt bien par écrit ?

— Je suis poéteux à mes heures. Le sang sous l'encre, vous voyez ?

— Peut-être. Je fréquente à l'occasion des poètes. Ce que je vous demande pour l'heure, c'est de me raconter, succinctement, si ça vous est possible, comment les événements se sont déroulés.

— Toute l'asti de chibagne ? Oups, pardon, c'est l'ahurissement !

— Pas de quoi. Oui, tout ce dont vous vous souvenez. Du début à la fin. C'est-à-dire ce qui a précédé la noyade de votre frère jusqu'à l'incendie qui a tué votre père.

— Une affaire de rien !

— Mais une affaire, comme vous dites, essentielle, j'en ai peur. Il va sans dire que quelques pages suffiront. Encore une fois, évitez…

— Jurons et grossièretés, j'ai compris,

votre honneur. Mais on refuse de me fournir crayon et papier, ici dedans.

— On va vous accommoder. J'en ai fait la demande.

— Pourquoi vous faites ça ?

— Parce qu'on me paie pour ça, et assez bien. Et par amitié pour Romain qui a compté et compte toujours beaucoup pour moi.

— Quand loin de tes jours je serai parti, ils me resteront, tes yeux agrandis.

— Merci. Je comprends bien que vous allez faire ce que je vous demande ? Pour le reste, laissez-moi faire. Dormez. Ne parlez à personne, sauf pour l'essentiel. Désormais, c'est moi qui serai votre voix. C'est clair ?

— Comme le jus de pipe de mon grand-père !

— Fort bien. Une dernière chose…

— Ouais, tant qu'à y être !

— Irène m'a remis un sac contenant des vêtements, disons, un peu plus décents que l'attirail de guerrier en vadrouille que vous avez ce matin sur le dos…

— En vadrouille ! Z'en avez de bonnes !

— Vous les trouverez dans votre cellule. Ne les endossez pas tout de suite.

— Des nippes pour la cour et son honneur ?

— Comme vous dites. Je vois que vous êtes perspicace et rapide. C'est bien. Très bien, même. Et ne vous inquiétez pas trop. Je m'occupe de vous.

— Je suis seul et les minutes murmurent dans le sablier de mon cœur.

— Je sais. À bientôt. Je dois y aller.

Maître Delfour se lève, replace précautionneusement sa chaise sous la table, s'incline comme un mandarin, marche vers la porte et frappe trois petits coups. On lui ouvre. Il disparaît.

* * *

De Montréal à Québec, ils ont roulé en écoutant Glenn Gould jouer la musique à la fois mathématique et envolée de Bach, qui les forçait à garder pour eux la tourmente perverse des derniers jours. Puis ce fut Montmagny, l'île aux Grues, pareille à l'échine d'un squale couché sur le flanc, la grande lumière d'argent sur le fleuve couleur absinthe. Si parfois Irène entendait au fond d'elle-même la voix enrouée du garçon bredouiller l'un ou l'autre de ses aphorismes sibyllins, elle se tournait vers Romain qui, lui, était occupé, sourire en coin et main pianotant sur le volant, à faire place nette dans son tréfonds. Elle était bonne, légitime, méritée, cette transhumance spontanée à l'allure de voyage de noces sans cérémonie. Elle s'étonnait encore, il s'émerveillait toujours de ce confort sans contrainte ni routine et qui durait, les berçant sans les endormir, chassant passé et futur, échappée belle qui les rajeunissait un peu plus encore, les autorisant à se plier doucement au pire comme au meilleur. Pour une fois, elle était fière de son amnésie et lui content d'en être possiblement la cause.

Ils ont dîné sur la terrasse de leur auberge, à Saint-Roch-des-Aulnaies, devant le fleuve rosi par le couchant. Peu de mots, là aussi, entre eux, sinon pour évoquer la vastitude incendiée du ciel, la virevolte d'une sterne, le bon vent de la grève, le frais bouquet du muscadet, le sillage d'or d'un chalutier au milieu du chenal. Puis ils sont descendus sur la berge où ils ont marché l'un derrière l'autre, tête au ciel et bras ballants, jusqu'au naufrage du soleil derrière les montagnes de l'autre rive. À la brunante, ils se sont avancés sur une jetée de pierres, où Irène a tiré de son grand sac la satanée machine à énigmes, que Romain a lancée de toute sa force dans le fleuve où elle a tout de suite coulé comme un gros caillou. Ils ont grimpé l'escalier qui menait à leur chambre et sont tombés sur le lit comme deux assassinés. Puis, vers minuit :

— Romain ?...

— Oui...

— Tu dors ?

— Non. Toi ?

— Idiot !

— Tu veux qu'on parle.

— Je ne demande pas mieux.

— Tu sais, j'ai toujours trouvé difficile de sentir quand il me fallait aimer. C'était toujours trop tôt ou trop tard. Avec toi, la question ne se pose même pas. Mais avec lui...

— Chut ! Tu entends le vent ?

— Oui.

— Romain, à présent, on fait comment ?

— Comme on a fait jusqu'ici. Soyons incompréhensibles pour les autres et limpides pour nous-mêmes et tout ira bien. Disons simplement qu'après en avoir fait beaucoup, il nous faut non pas en faire moins, mais en faire plus encore.

— Mais qui est-il au juste pour toi, pour moi, ce petit saligaud ?

— Le fils et l'amant que je n'ai jamais eus et le fol amour qu'autrefois tu as étourdiment laissé filer.

— Oh, le fol amour !…

— Oh, le fils !…

— Il y a du désir dans notre attachement pour lui et nous ne le nions pas. C'est bien.

— Ça servirait à quoi ? Et puis il est trop tard pour la prudence.

— C'est comme ça et pas autrement, comme dit le gamin.

— Je t'aime. Je l'aime. Tu m'aimes. Tu l'aimes. Restons-en là.Et tâchons de dormir. Non, reste là, comme ça, ta joue contre la mienne. Demain, nous irons sur l'eau. En fixant les tourbillons derrière le bateau, tu consentiras.

— Je consentirai à quoi ?

— À laisser tournoyer et filer au large les pensées qui arpentent en surabondance les trottoirs de la mélancolie.

— Dodo, as-tu dit !
— Dodo !

* * *

C'est ma voix, comme son vol est à l'oiseau. Ma courte histoire commença radieuse puis se fit effroyable, mais elle est fatale et simple comme une antique tragédie sous les feux d'un soleil vieux comme l'univers. J'ai toujours eu du mal à exprimer simplement les choses, alors je résume ici à votre intention ma trajectoire de cinglé, à la manière de l'entrefilet qui sous peu sûrement paraîtra dans le seul journal qu'on nous autorise à lire ici dedans. Après le départ de sa femme, ma mère, qui a fui le foyer familial pour cause de mauvais traitements, un père déséquilibré, mon père, s'en prit au plus jeune de ses deux fils, qu'il agressa sexuellement, sous les yeux d'abord incrédules puis brusquement clairvoyants de l'aîné. La haine couva, le temps passa. La vengeance y a mis du temps, mais ce qui devait arriver arriva.

Vous voyez, même en m'efforçant de faire simple j'emberlificote. Mon petit frère avant de se tuer était déjà mort. La noyade fut pour ainsi dire posthume. C'est lui qui l'a assassiné. Et je l'ai fait cramer par vengeance, purement et simplement. Peut-être. Sais pas.

Voilà, ma confession pourrait s'arrêter là, si tout ce qui se désencombre ne s'emmêlait pas aussitôt à nouveau. Mais je continue, à la façon de l'échotier scrupuleux. C'est ce que vous voulez, non ?

L'aîné prit la poudre d'escampette, fuyant vers la grande ville, où il survécut grâce à la drogue et à la prostitution, cumulant les petits jobs mal payés – disquaire dans une boîte minable, portraitiste de trottoir, plongeur et quoi encore –, jusqu'au jour où mon père a surgi de nouveau devant moi, malade, à demi paralysé à la suite d'une crise cardiaque, en fauteuil roulant et demandant pardon et secours. Je fus bêtement pris de pitié comme on est frappé d'une atroce maladie, la haine se recroquevilla et je rentrai au bercail, où je me fis infirmier comme un idiot de païen se laisse baptiser. Le martyre à demi consenti dura quatre longues années au cours desquelles le pauvre fou, moi, se fossilisa, espérant stupidement une réconciliation qu'il se savait pourtant ne jamais être appelé à connaître.

Vous voyez, encore une fois le pisse-copie se fait poète, c'est plus fort que lui. Mais je continue. Comme on ne peut écorner deux fois le même taureau, le refus du père d'admettre son crime chassa à nouveau le malheureux de la maison paternelle. Et reprit le manège de misère : drogue, racolages, la haine foulée au fond de lui. Le désespoir, la chambre sordide sous les toits, les vaines tentatives de faire l'artiste, puis, brusquement, la maladie de la mort et alors tout s'est accéléré. Le pauvre fou pensa : je serai donc mort avant lui ? À toute allure la mécanique impitoyable du châtiment se remit en marche. Je fais ici du style, et du mauvais – que puis-je faire d'autre, alors que tout aujourd'hui est accompli ? Clinique, diagnostic, médicaments, survivance inespérée à l'horizon… Il demeura vivant et plus tabarnaquement enragé qu'avant. S'cusez les vilains gros mots, mais la tempête perpétuelle dans mon monde décâlissé ne m'a jamais permis d'avoir recours aux bonnes manières du chanceux qui sait qu'au bout du compte, tôt ou tard, il va gagner. Il lui fallut faire vite, avant que la sale tendresse ne reprenne possession de lui.

Sauf que – il y a toujours un sauf que pour les anges déchus – Irène et Romain sont apparus. Faux. Je les ai traqués. C'est moi qui, pour ainsi dire, les ai fait apparaître. Et tout de suite, je les ai aimés, démesurément, comme il convient au cœur éclaté d'aimer. Tout se simplifia et se compliqua à la fois. Tombé à genoux, il, je, se mit, me mis à parler une langue nouvelle, se sentit, me sentis inexplicablement filial, crachats ravalés, soudaine salive propre. Comment dire ça, rien que ça, tout ça ? Il, je, fut, fus recommencé. Et alors surgirent Acha et Migush, deux angelots inespérés. Du coup, jamais l'ignoble commencement n'avait eu lieu. Tout redevint clair, nouveau, triste et beau, et, tabarnak à marde, possible !

Pourquoi alors ce second et dernier retour au bercail ?... Est-ce que... L'incendie... Une seule allumette, au fond de ma poche : si ça prend, ça prend, si ça prend pas, ça prend pas et on n'en parle plus. Peut-être que simplement j'allais, je pensais, je voulais allumer le poêle ? Il grelottait, toussait, crachait, disait qu'il allait attraper une pneumonie. Je me savais fou, illogique, décrissé imbécile. Pourquoi... ? Pas le foutrement moindre asti de commencement d'idée ! Pourquoi, alors que je me savais sauvé ? Par le seul pouvoir de leur mystère, leur seule miraculeuse apparition dans ma vie… Est-ce parce que si je n'arrivais pas à me pardonner, eux le pourraient ?… Quoi qu'il en soit, alors que je soutenais la voûte des étoiles, j'ai plongé dans l'abîme, Icare aux ailes de plomb. Et cela, même s'ils avaient émietté ma rage comme croûte sèche, effrité mon cœur comme mie de pain qu'on va lancer aux oiseaux. Sans comprendre, sans plus le vouloir, j'ai gratté l'allumette contre la semelle de ma botte…

Ce fut comme ça et pas autrement. Rien de plus à vous dire. Le pire, ou le meilleur, c'est que mon crime a oublié d'effacer la beauté du monde.

Il y a toujours quelqu'un qui se meurt. J'avais décidé de ne pas prendre garde et de laisser le cadavre en chemin. Je n'ai pas pu. Et maintenant le mourant, le presque mort, c'est bibi. Bibi désaintciboirisé, qui tente encore de s'ajuster à ce qui en lui inexplicablement reste vivant.

Jérémie Guité

* * *

Ils sont assis tout au fond de la salle d'audience, comme deux promeneurs qui seraient entrés par le plus inexplicable des hasards dans le grand palais. Ils se tiennent la main, évitent de se regarder, comme si c'étaient eux les accusés, peut-être même les coupables, et que d'une minute à l'autre leur sort en serait jeté. Ils n'ont pas assisté aux débats. Antoine les en avait empêchés, insistant sur le fait que leur lien avec le prévenu était de nature improbable et contentieuse et qu'il craignait qu'on les oblige à témoigner. C'est pour la bonne cause, avait déclaré Romain, sur le ton du général qui, à bout de conviction et de stratagèmes, hisse le drapeau blanc. Ils en avaient conçu une acrimonie poignante mais s'étaient résignés. Ils avaient même, selon le conseil d'Antoine, renoncé à se voir, ne se parlant qu'au téléphone. Irène oubliait, répétait : ça va de mal en pis. Il devait chaque matin lui rappeler le jour qu'on était, la lente approche de l'échéance. Il lui faisait part en gros de l'évolution du procès, la suppliait de tenir, de résister, de garder foi en Delfour, qu'il avait en haute et inébranlable estime.

Un matin, ils étaient tombés par hasard

l'un sur l'autre devant l'échoppe d'un fleuriste. Ils avaient grimacé de concert un sourire plus incertain que l'avenir, puis ils étaient entrés dans la boutique. Romain lui avait acheté trois gerberas couleur abricot et ils s'étaient séparés comme s'ils n'allaient plus jamais se revoir, elle la larme à l'œil, lui le dos voûté comme le vieillard qu'il se savait enfin devenu. À Romain, au téléphone, Antoine donnait succinctement des nouvelles du procès. Il disait : le garçon est farouche mais clair, il ne s'enflamme que lorsque je l'autorise à le faire, évite courageusement blasphèmes et rimes équivoques, le jury lui prête bonne oreille, tout va bien, il nous est dorénavant permis d'imaginer que l'incendie accidentel saura convaincre, j'en viens à croire qu'il aurait pu s'en sortir tout seul. Romain raccrochait, rappelait Irène, lui relayait le bon augure. Elle disait : bien, bien, mon ami, bonne nuit, je t'aime tant, fais attention à toi – comme s'il risquait à tout moment de trébucher sur une bosse du trottoir ou de débouler les marches de son escalier. Il filait chez Acha et Migush, les emmenait chez le glacier, les écoutait babiller, demander des nouvelles du prince. Il revenait chez lui d'un pas découragé, trébuchait dans l'escalier – il trébuchait de plus en plus souvent –, prenait peur et aussitôt rappelait Irène. Elle ne reconnaissait pas sa voix au téléphone, marmonnait : qui est à l'appareil ? Pour tenter de la faire rire, il gémissait :

— Un triste vieillard qui, vous ayant un soir vue au théâtre, s'est épris de vous sans espoir.

— Romain, il est tard.

— Neuf heures !

— Vraiment ? Il faut croire que c'est mon heure, à présent que je ne suis qu'attente et terreur.

— Il n'y a aucune raison de désespérer, ma chérie.

— Si tu le dis. Romain, avant que j'oublie que mon lit m'espère, je vais raccrocher et gagner la chambre. Bonne nuit.

Il raccrochait à son tour, marchait vers la fenêtre où il restait longtemps à suivre ce qu'il prenait pour les dégoulinades de la pluie sur la vitre. Mais il ne pleuvait pas. Simplement, il pleurait sans s'en apercevoir.

Maître Delfour, dans une envolée sobre, plaide la légitime défense. Ils l'écoutent, les yeux fixés sur le visage du garçon qui grimace un sourire d'égaré. Il a si fort maigri que le costume clair qu'Irène avait choisi pour lui pendouille de toutes parts. Ils sont sortis attendre le verdict, assis sur la marche la plus basse du grand escalier du palais, soudain rattrapés, tous les deux, par leur grand âge qu'il y a peu encore ils parvenaient à mépriser. Une cloche sonne quelque part derrière eux. Ils rentrent, prennent place sur leur banc, visages pâles, yeux éteints. Eux qui avaient si fort cru, avaient tant espéré, voulu, prié de toute leur âme, tenté de mille façons de secourir l'adorable jeune parricide, baissent à présent la tête comme s'ils étaient coupables de l'avoir bêtement, cruellement jeté dans la gueule du loup.

Ils entendent sans les voir les jurés reprendre leur place, dans un silence de Vendredi saint à l'église. Ils ne redressent la tête que lorsqu'un jeune homme à lunettes, tignasse ébouriffée et cravate de travers, se lève, toussote et articule d'une surprenante voix de basse :

— Non coupable.

Au fracas du maillet, Irène se lève, hors d'haleine, chancelle et tombe dans les bras de

Romain qui aussitôt choit sur le banc avec elle et l'étreint, la berce comme une enfant sauvée. Tout bas, la bouche dans ses cheveux, il murmure :

— J'ai donc bien fait d'acheter ces billets d'avion.

— Romain !

— Quoi donc ?

— J'ai longtemps cru que tu étais cinglé. À présent, j'en suis sûre !

— Je t'aime.

— Et moi donc !

Jérémie avance vers eux, les bras grands ouverts, les joues ruisselantes de larmes qu'ils ne l'ont jamais vu verser, même dans le pire déchaînement de la déraison.

— Tabarnak, mes amis, j'ai eu chaud !

Troisième acte

Si je meurs, qui les aimera ? Et si je vis,
qui m'aimera, sinon eux ?

DOSTOÏEVSKI

Océan vert, étale, falaises à pic, arcs de roc couleur rouille au large, ciel du bleu de l'encre délayée dans l'eau. La maison est aux quatre vents, à la fine pointe d'un cap qui avance en flèche dans la mer. Le petit bourg des îles sous le vent, Havre-aux-Maisons, porte bien son nom : asile, refuge, abri pour sauvés des eaux. Ils n'y sont que depuis quatre jours et déjà chacun vaque à ses petites affaires. Sous un parasol qui vire au vent comme girouette, Irène relit *Un barrage contre le Pacifique* de sa chère Marguerite Duras, tandis que Romain écrit, les fesses sur une marche du petit escalier de la maison, un cahier que feuillette le vent bas sur une autre marche, son stylo battant la cadence du ressac. Tout en bas du coteau, sur la plage, Jérémie, Acha et Migush, méprisant le matinal ouvrage d'effacement et d'éboulement de la marée, recommencent les dômes, tours et coupoles du château du prince russe. Leurs cris et rires, de même que les fréquentes quintes de toux de Jérémie, sont vite charriés au large par le ponant.

C'est l'accalmie. Du procès, du crime, de l'obsession de l'oubli, de l'effroi des dernières semaines en ville, il n'est en aucune manière fait mention. C'est un peu comme si, l'air de rien, Romain s'était fait mer et vent pour escamoter le gros nuage noir qui planait au-dessus de leurs têtes. Irène soupire d'aise comme l'actrice en relâche qu'elle est. Quant à Jérémie, il a scribouillé, au bas d'une esquisse de sa main représentant un cormoran aux ailes déployées, une manière d'épilogue énigmatique, qu'il a épinglé sur le linteau de la porte : *La vie maintenant a son couteau suspendu.* Les petits, eux, pataugent dans la joie comme tous les enfants lâchés en paradis.

* * *

Ils ont laissé le garçon et les petits au Café de la Grave où, ayant effacé l'ardoise du patron avec les pans de leurs chemises, *los tres compadres* – dixit Jérémie – se sont attelés à une fresque à six mains censée illustrer une jungle cherche-et-trouve où seraient camouflés des *scrocofneux*, le diable seul se doutant de ce que mangent en hiver ces improbables bestioles-là.

Ils ont marché jusqu'à la mer. Il fait un temps de commencement du monde au creux de la petite crique où ils ont abouti. Soleil en rase-dunes, ombres fines des joncs en damier sur le sable d'un blanc d'argent, effluves d'iode et de varech dans l'air. Soudain, Romain s'arrête et se laisse tomber sur une dunette, comme s'il était brusquement arrivé à quelque mystérieux point de non-retour. Irène alors se défait de son châle andalou qu'elle étale sur le sable et s'assied sagement à son côté.

— Romain, vas-tu enfin me dire ?

— Quoi donc ?

— Tu es sorti du lit avant le lever du jour pour aussitôt disparaître on ne sait où. Pas un mot pendant le petit-déjeuner. Aucune des facéties de l'un ou l'autre de nos *tres compadres* ne t'a fait sourire. Qui plus est, tu fuis mon regard comme si tu risquais d'y apercevoir je ne sais quelle malédiction.

— Ce n'est rien. Mon livre qui vient mal, sans doute et sans plus.

— Va te faire voir !

Il se tourne vivement vers elle. Sur l'apparente lueur de scandale dans ses yeux, elle risque de se méprendre et il ne veut pas, n'a jamais voulu de la moindre charade, de l'équivoque la plus anodine, du mensonge le plus ténu entre eux. Il ouvre la bouche, la referme, se gratte la joue, replace la mèche que le vent ne cesse de lui rabattre sur le front. Rien à faire, les mots lui restent coincés dans la gorge.

— Très bien. Une fois n'est pas coutume, je vais te tirer les vers du nez. Tu as peur.

— Peur ?

— Oui, peur ! Pour moi. Peur que l'oubli m'engloutisse tout à fait et que tu te retrouves seul en face d'une momie laide, folle, incontinente et…

— Irène !

— Quoi, je me trompe ?

— Absolument ! Et si pour une fois il n'était pas question de toi, ni de moi, ni de cette chimérique amnésie qui t'obnubile ?

— S'il ne s'agit ni de toi ni de moi, alors c'est qu'il s'agit de lui.

— Il s'agit en effet de lui, comme tu dis.

— Eh bien ?

— Il… Il est malade.

— Malade ? Malade comment ? Malade de quoi ?

— Il a le sida.

— Han ?

— Tu m'as bien entendu.

— Mais, comment... ? Qui t'a dit... ?

— Antoine.

— Antoine ? Mais...

— C'était dans une lettre du petit, une manière d'aveu destinée à préparer sa défense.

— Et Antoine l'a cru et toi aussi !

— Mais...

— Jérémie a menti. Sur ça comme sur tout le reste peut-être. Il ment comme il respire.

— Non, Irène. Le médecin a confirmé.

— Quel médecin ?

— Tu n'as rien écouté au tribunal. Je ne te le reproche pas, tu étais comme anesthésiée...

— Anesthésiée ? !

— Irène, tu m'en as souvent fait la remarque. Jérémie a de plus en plus l'air d'un squelette !

— Romain, je crois que ta décrépitude est considérablement plus sérieuse que la mienne !

— Je comprends. Tu te refuses à admettre…

— Parfaitement ! Et puis je m'en serais rendu compte !

— Comment ? Tu t'en serais rendu compte comment ?

— Eh bien, il me l'aurait dit…

— Ne me dis pas que tu as… ?

— Couché avec lui ? Parfaitement !

— Tu mens.

— Non ! Oui !

— Pourquoi ?

— Mais parce que c'est impossible ! Parce qu'on a déjà traversé mer et monde et tous les feux de l'enfer, tous les trois ! Parce qu'enfin on était bien, libres ! Parce que… Parce que…

— Ma chérie, ma vieille jeune chérie…

— Non, Romain ! Tu vois, je ne pleure pas. Je ne suis pas chagrinée, je suis en colère. Non, je ne pleure pas. Je ne pleurerai plus jamais, je n'ai plus de larmes. J'ai le cœur échoué et… Oh, mon Dieu… !

Il lui tend le bras. Ils restent longtemps agrippés l'un à l'autre, yeux fermés, bouches tordues, cœurs arrêtés. Une mouette crie, très haut au-dessus d'eux. Le vent tombe sans qu'ils s'en aperçoivent. La fin du monde est commencée. Au bout d'une éternité, il dit :

— Puisque tu ne t'effondres pas, comme je l'avais bêtement cru, je ne vais pas non plus m'écrouler. Tu es forte. Plus forte que moi.

— Foutaise ! Viens, ils nous attendent.

— Tu sais, il se soigne, mais...

— Mais... ?

— Les miraculeux médicaments ne semblent plus faire effet.

— Si tu cherches à me dire qu'il va mourir, j'avais compris. Quand ?

— C'est impossible à savoir.

— Romain !

— On ne lui donne que quelques semaines.

— Mon Dieu ! Et il le sait ?

— Oui, il le sait.

— Je comprends à présent pourquoi il a tant maigri et pourquoi il ne retire ni sa veste, ni sa chemise, ni son pantalon même pour aller à l'eau.

— Oui. Les... Les plaques... Les... Je ne sais pas comment ils appellent ça...

— Il faudra bientôt, j'imagine, le ramener à Montréal ? À l'hôpital ?

— Oui, bien sûr, parce qu'ici…

— Assez, Romain ! Je n'en peux plus !

— Tu as raison.

— Et aide-moi à me relever, je n'ai plus la moindre force.

— Le corps…

— Le corps, oui. Mais le cœur tient bon, non ?

— Il tient. Il tiendra.

— Il tiendra, oui, il le faut. Charles Boyer, ton bras !

* * *

Durant le voyage de retour, *los tres compadres* ne cessent, collant leur nez au hublot, de débusquer sirènes, licornes et dahus dans la masse ouateuse des nuages. Derrière eux, recroquevillés sur leurs sièges, Irène et Romain, bien aise de les entendre sans les voir, à tout bout de champ s'essuient les yeux et hochent la tête comme les complices d'un méfait inexpiable. Ne bronchons pas, nous faisons hélas ce qu'il nous faut faire.

Au sortir de l'aéroport, Romain se précipite à grands pas vers le stationnement quand Migush l'arrête d'un cri.

— Pépé, on est venus en taxi !

Jérémie éclate d'un rire dément qui très vite se mue en une toux grasse qui le fait suffoquer. Il chancelle et juste comme il va tomber, Romain le rattrape, le tient serré contre lui. Le garçon marmonne puis articule quelque chose comme :

— Le sang d'une aile à travers vos pas...

La ville est sens dessus dessous : camions, bulldozers, grues, tas de pierres, cônes orange devant, derrière, à gauche et à droite, klaxons furieux, émanations puantes dans une chaleur d'enfer. Caquet bas dans la voiture. Seul le chauffeur parle en créole à quelque invisible interlocuteur. Ils déposent les petits chez eux, bisous chagrins, promesse de se revoir très bientôt. Acha et Migush grimpent l'escalier à grande allure, comme si là-haut les attendait une autre belle aventure.

Silence funéraire dans l'habitacle. Puis la voix affreusement détimbrée de Jérémie :

— J'imagine que vous savez où m'emmener.

* * *

— Message de lui, ce matin, dans ma boîte vocale. Écoute, je te le fais entendre : *Bip ! Romain, si vous venez me voir, n'emmenez pas les petits. Je leur ferais une peur du tabarnak !*

— Message également dans la mienne de boîte. Même voix affreusement éraillée. Écoute : *Bip ! Irène, il vous faut demander la main de Romain. L'adorable vieux fou est trop lâche pour oser.*

— Tiens donc ! Au fait…

— Non, Romain.

— Bien sûr. D'ailleurs, pourquoi ? On est très bien comme ça, non ?

— Clairement. Tu as écrit, ce matin ?

— Chichement.

— Ça viendra. Tes premières pages sont bouleversantes. Et il n'y a que toi qui puisses conter cette histoire. Notre histoire.

— Peut-être. Je viens chez toi tout de suite après l'hôpital.

— Il va pleuvoir, prends un parapluie. Romain ?

— Oui ?

— Tu avais raison. Après en avoir fait

beaucoup, il ne faut pas en faire moins mais en faire plus encore.

— Qu'as-tu en tête encore ?

— Juste avant de le quitter, demande-lui la clé de sa… de sa mansarde… enfin, de sa piaule.

— Mais pourquoi ?

— Je te dirai. S'il te demande pourquoi tu veux la clé, dis-lui que c'est pour prendre des trucs, ses vêtements, son cartable à dessin…

— Entendu. Mais…

— Je sais que tu seras d'accord avec mon plan.

— Hâte de le connaître.

— Je t'aime. À tout à l'heure. Ah, au fait, je ne t'ai pas dit, j'ai oublié. Le médecin ne croit pas qu'il s'agit de la maladie d'Alzheimer.

— C'est… C'est merveilleux, ma chérie ! D'ailleurs, je le savais. On va fêter ça. J'arrive !

— Il faut que je te dise. On m'a proposé de jouer Hécube, dans *Les Troyennes* d'Euripide, et je crois que je vais accepter. *Ne reste pas lâchement couchée sur le sol, vieille reine déchue, lève-toi !* Tu crois que je pourrai ?

— Mais bien sûr ! Et je serai là chaque soir pour t'applaudir !

— Je ne suis qu'une vieille femme, apparemment. Des cellules qui sèchent, ou quelque chose comme ça. Je dois simplement faire avec.

— Tu feras. Je ferai. Nous ferons.

— Je mets le rosé au frais et j'ai cuisiné une blanquette de veau. Sans ail, vu ton vieil estomac chatouilleux.

— Comme je suis heureux, là, subitement !

— Tâche d'en profiter. Parce qu'avec ce qui nous attend…

— Oui, bien sûr.

— Je raccroche, ça sent le brûlé !

* * *

Peut-on perdre si on n'a pas joué ? L'insoluble était ma seule issue. Au paradis, comme d'ailleurs en enfer, je n'aurais pas tenu une saison, pas un jour, pas une heure, pas une minute. Soleil et nuit sont au fond de moi depuis toujours, nichés au creux de ma chétive pompe à sang. Toutes mes branches cassées me rappellent mon essor, mon bref vol, ma dégringolade. Pas longtemps je suis resté debout et déjà je me couche. Sans rompre la lumière parfaite d'aujourd'hui, la mort s'ajuste à moi. Depuis toujours la Faucheuse connaît mon adresse, sait l'exacte place de mon corps dans le sarcophage de l'oubli.

L'innocent violent est un humilié qui regimbe. Sur les joues du prince idiot coulent des larmes froides. C'est enfin, déjà, le niveau de l'amer. Je vais faire un grand pas hors de mon sort. À vous deux, infinis mercis. Tabarnak à crotte, grâce à vous, contre vous, avec vous, je continue de faire un grand bond hors de moi.

Je vous aime,

Jérémie

Romain lâche la feuille qui plane un moment au-dessus du lit et chute sur le drap, dans un chuchotis de papillon qui se pose sur un tournesol. Il pleure, encore une fois sans s'en rendre compte, une main sur le front du garçon, l'autre enfoncée dans sa poche, ses doigts palpant la clé comme on tâte le gri-gri qui peut-être fera miracle.

— Il dort. Il dort beaucoup. Croyez-moi, ça vaut mieux pour lui.

L'infirmière pose une main sur son épaule. Il tressaille, puis bombe le torse comme s'il s'apprêtait à foncer dans il ne sait quelle épaisse futaie, quelle cruelle talle de ronces. Puis il s'agenouille, pose sa tête sur la frêle cuisse du garçon et tourne les yeux vers son pâle visage de larron exaucé qui attend son ange. Aussitôt le masque radieux se creuse de rides qu'on dirait dessinées au couteau, tandis que sa bouche se tord en une affreuse grimace de supplicié.

— Il vaudrait mieux revenir plus tard, monsieur Romain.

— Il souffre. Vous ne pouvez pas…

— Non. Il ne veut pas.

— Ah bon ? Il veut…

— Oui. Il a dit : du soulagement seulement, je veux rester jusqu'au bout. Et il a ajouté : pour eux.

Romain se relève, fait trois pas vers la porte, se retourne, revient vers le lit, attrape d'une main tremblante la feuille, qu'il replie et glisse dans sa poche où aussitôt elle enveloppe la clé, comme le mouchoir de soie le fameux poignard dans le livre posé, ses pages en oreilles de chien, sur la table de chevet.

S'il ne se dirige pas vers le stationnement pour reprendre sa voiture, ce n'est pas qu'il a oublié. C'est qu'il a besoin de marcher. Déjà la rouille au faîte d'un érable, le vent qui pince, l'odeur poivrée de l'asclépiade en blancs cocons veloutés, au bord du trottoir, qu'il caresse au passage, le cœur cognant. *Surtout ne pas demander de changement, ni au passé, ni à l'avenir, ni à l'éternité.* Son cher Nietzsche, le généreux égoïste.

Perdu dans ses jongleries, il se prend un pied dans il ne sait quelle ferraille qui traîne sur le trottoir, titube, caracole et tombe mollement à genoux dans l'herbe, où il éclate en gros sanglots, le front contre un piquet de clôture, auquel il se confie comme à l'inconnu bienveillant on récite tout bas son chagrin.

— Je t'aimais. Je t'aime. Que vais-je devenir ?

* * *

Ils grimpent l'escalier aux marches branlantes. Il a dit : c'est au troisième étage, une porte rouge, attention le numéro est à demi effacé. Essoufflés, les jambes en coton, ils y sont. Ladite porte est un épais panneau de métal, couleur sang séché, au centre duquel il est écrit, lettres noires dégoulinantes : *Je suis absent, même si j'y suis.* À croire que ce n'est pas la bonne, la clé joue mal dans le pêne, et juste comme Romain va lâcher prise, un déclic de grille de prison et la porte s'entrebâille. Elle tressaille, il a un haut-le-corps et tout de suite un cri fuse de la ruelle sombre.

— Peut-être qu'on ne devrait pas…

— Romain, on n'est pas venus jusqu'ici pour renoncer !

— T'as raison, on entre !

Encore un escalier, ses marches jonchées de journaux empilés, de paniers débordant de vieilles canisses de peinture de toutes les couleurs, de bottillons éculés, de corde et de ficelle lovées comme des serpents domptés et d'une inexplicable pièce de rouage rouillée, ses crans pareils aux crocs d'un piège à ours. Tout en haut, c'est béant, un trou noir, l'entrée d'une caverne. À tâtons, Romain trouve un interrupteur. Le bouton enfoncé, pas un rai de lumière ne jaillit. Les bras tendus devant eux, ils avancent en aveugles, à pas apeurés, dans la pièce dont le plancher craque comme un feu de bois mort. Par un rideau entrouvert, un incertain rayon dans lequel dansent des milliers de grains de poussière. D'un geste décidé, Irène tire le rideau qui aussitôt tombe sur le plancher. L'antre s'éclaire à faire peur. Une couche à même le sol, sans draps ni couvertures, une chaise de paille au siège défoncé ; sur une vieille porte de bois posée sur des chevalets, un verre, une assiette, une bougie fichée dans le col d'une bouteille. Sur les murs noirs, un palimpseste de gribouillages et de griffonnages tracés à la peinture rouge sang, parmi lesquels ils reconnaissent trois ou quatre des saillies que le garçon leur a, par-ci par-là, adressées. C'est tout. Non. Au fond de la pièce, une tenture de velours râpée qui semble fermer l'accès d'une penderie. Elle crie :

— C'est là, j'en suis sûre !

Il fait noir là-dedans comme au fond d'un puits. Romain agrippe la bouteille, en extirpe la bougie, gratte une des allumettes qu'en permanence il a au fond de sa poche et s'enfonce dans le réduit. Elle n'ose pas le suivre. Elle attend, elle a peur. En l'entendant glousser en sourdine, elle sait, elle accourt. Tout au fond du gourbi, ils sont là, les tableaux, face contre le mur.

— J'ai compté, Irène. Il y en a trente !

— Et là, Romain, sur l'étagère !

— Han ? Mais oui ! Des cahiers, des cartons, un gros album…

— Ses textes !

— Sans doute, oui. Attends, je traîne tout ça à la lumière.

— Doucement, han ? S'il fallait…

— Ils ne vont pas tomber en poussière, tout de même !

— Avec lui, on ne sait jamais !

Et ils rient. Ils rient sans effort, sans peine, sans honte, avec une aisance, une désinvolture qu'ils ne s'avisent pas de trouver suspectes. Ils savent bien que cette joie-là est transitoire comme le jour, qu'elle passera, filera. Mais comme c'est bon, comme ça délivre, soudainement. Puis, précautionneux comme un officiant, Romain retourne les tableaux et les appuie un à un contre les murs de la chambre. Ils reculent de dix pas, s'accotent à la paroi derrière eux et regardent.

Voilà qu'ils sont encerclés par un foisonnement d'une étrange beauté. Des ciels indigo zébrés d'or, en retable. Successives et superposées, des explosions de novæ à répétition, à la colle et à la détrempe, repentirs et retouches à la craie rose. Triptyque de comètes tournoyantes, au-dessus du miroir d'argent d'une rivière, ses arbres inversés, ses nénuphars lapis-lazuli, ses roseaux d'or filé, sa transparence de miel. Silhouettes en combustion, oxydées, contre un firmament d'opaline. Petits grimpeurs accrochés au flanc ocre d'une falaise qui montent vers une croix saignant sur des rochers micacés. En retable encore, camaïeux à la gouache, sphères en chute libre dans une lueur bronze, striée de traits au crayon, à l'émail et au pastel. Un arbre de lumière au milieu d'un cimetière, ses anges et ses croix en enluminures de feu. Trois monochromes, même nuit cette fois traversée d'éclairs sidéraux et d'autres ciels de cristal où flottent des lunes incandescentes dans une nébuleuse du violet de l'intérieur de l'huître. Dans un fouillis de rameaux émeraude, deux petites têtes noires qui pointent, pupilles d'ébène dans des prunelles blanc de craie, leurs petites mains tendues vers nous.

Ils se tournent l'un vers l'autre et se dévisagent comme s'ils s'apercevaient pour la toute première fois. Doucement, elle dit :

— C'était avant les dessins qu'on connaît, non ?

— Avant et aussi après, je crois. La plupart en tout cas avant le…

— Oui. Et en même temps, c'est d'aujourd'hui, c'est de toujours, c'est…

— … éternel. Alors c'est entendu ? On va le faire ?

— On va le faire. Pourvu que…

— Louise est prévenue. Un coup de fil et son homme s'amène avec la camionnette.

— Pour les textes, je m'en occupe. Romain, tu pleures ?

— Il me semble bien, oui. Irène, c'est effrayant. C'est effrayant et magnifique. Mon Dieu…

* * *

L'église pointue, ses vitraux éclatés, le soupirail béant. Thomas saute. Attention aux tessons de verre ! Thomas enfile le surplis. Thomas danse, tourne et tourne devant le crucifié. C'est notre histoire : l'innocence, le crime, la honte, peut-être l'échappée belle avant la fin ? La rivière. Thomas dans la rivière. Il rit aux éclats. Tout est encore possible. Non. Sur l'autel délabré, mes pages empilées. Ma vie d'éclipse dans la fureur des hommes. Sur les murs, mes comètes explosent. J'ai du sang sur les mains. Tout va s'écrouler, adieu, frères de l'humaine transhumance, tabarnak à marde c'est fini. Thomas s'échappe. Cours, mon petit frère, cours ! Plus vite ! Bras écorchés, chevilles tordues, cours ! Là, dans le courant, un ballon dérive. Sa chemise avec son corps dedans. Nous avons perdu, Thomas. Ce sera l'infini de la blanche nuit. Monte, monte, étoile fruitée ! C'est le sommeil final, déjà ? Oui, c'est comme ça et pas autrement. N'aie pas peur, Thomas. Tu t'en vas au son du cœur. Ce monde tantôt aura des portes. À la fête éternelle tu seras convié. Tu auras la nuit douce, mon petit frère, toi qui as oublié d'effacer la beauté du monde…

* * *

Jusqu'à la fin ils lui ont tenu la main, elle la gauche, lui la droite. Pas de mots, pas de larmes, rien que ses gémissements très doux. Par-ci par-là des murmures, un sourire à fendre l'âme. À un moment, il a clairement articulé : je fus un poignard dans un mouchoir de soie. Il a éclaté d'un rire qui l'a étouffé. Et ce fut fini.

* * *

— Irène, écoute bien ! « L'installation *Un grand bond hors de mon sort* est un miraculeux et bienfaisant coup de foudre dans notre ciel morose. Les textes et les tableaux de Jérémie Guité font de nous des aveugles qui brusquement voient, des sourds qui soudainement entendent… »

— C'est bien, Romain. Beau papier. C'est bien. On a bien fait les choses. Mais…

— Qu'est-ce qu'il y a, ma chérie ?

— Tu as soif ? Tu veux boire quelque chose ?

— Irène, qu'est-ce qui te chicote ?

— Mais… rien !

— Irène !

— Rien, je te dis ! J'ai oublié.

— Non. Tu l'as dit toi-même…

— Romain, je tente en vain de me pardonner. De nous pardonner.

— De nous pardonner quoi ?

— D'avoir tout fait trop tard !

— Jérémie a vécu hors du temps. Nous vivons, toi et moi, hors du temps. Il n'y a donc pas de trop tôt ou de trop tard. Et, oui, je prendrais bien un whisky.

— Il n'est que trois heures de l'après-midi !

— Et alors ?

— Tu as raison. Je m'en sers un aussi.

Ils trinquent. Dans l'érable, la mésange piaille. Le soleil mourant ricoche sur les toits. On dirait les écailles d'un grand poisson échoué sur les tuiles.

— Ton livre, ce sera vraiment notre histoire avec lui ?

— Oui. Si j'y arrive.

— Tu sais, je ne parviens pas à m'ôter de la tête qu'il n'a pas dit son dernier mot.

— Pareil pour moi. Et pourtant…

On frappe à la porte.

— À pareille heure, qui ça peut bien être ?

— La mort ?

— Idiot !

Il descend, genoux craquants, mollets flageolants. Dans la fenêtre, un oscillant foisonnement de couleurs. Il ouvre. De l'orgiaque inflorescence fuse une voix pointue :

— Pas mécontent que vous soyez chez

vous ! Je me voyais pas refaire mon chemin avec cette plate-bande-là sur les bras !

— Mais…

— Je sais, j'arrive un peu tard. On m'avait d'abord donné la mauvaise adresse.

— Mais…

— Non, pas la peine de fouiller votre poche, c'est déjà payé. Un certain monsieur Dufour a réglé le *bill.*

— On dit la note, mon garçon. Ou à la rigueur la facture.

— *Anyway,* c'est tiguidou !

De peine et de misère, il hisse la corbeille jusqu'à l'étage et la pose au beau milieu du salon. Irène sourit. Elle savait. Au creux d'une corolle de gerbera, elle déniche la carte. Il s'approche. Ensemble, ils épellent :

— *Je choisis les fraîches ondées, les couleurs du soir, les questions qui durent au bout des ans. Je choisis votre cœur qui respire l'impérissable. Tout le reste s'ensevelit. Je vous aime par-delà. Jérémie, dit le prince*

Sainte-Cécile-de-Milton
Septembre 2016 – février 2018

Pour la poésie et les saillies de Jérémie, merci infiniment à :

Paul Chamberland

Bruno Roy

Patrice Desbiens

Gilbert Langevin

René-Daniel Dubois

Paul-Marie Lapointe

Anne Hébert

Audrey Gauthier

Louise Warren

Tomas Espedal

Roland Giguère

Marie-Ève Blanchard

Benoit Pinette

Danny Plourde

Crédits et remerciements

Les Éditions du Boréal remercient le Conseil des arts du Canada ainsi que le gouvernement du Canada pour leur soutien financier.
Canadä

Les Éditions du Boréal sont inscrites au Programme d'aide aux entreprises du livre et de l'édition spécialisée de la SODEC et bénéficient du Programme de crédit d'impôt pour l'édition de livres du gouvernement du Québec.
Québec

Photographie de la couverture : Chris Keeney, *Starfish*

EXTRAIT DU CATALOGUE

Gil Adamson
À l'aide, Jacques Cousteau
La Veuve
Emmanuel Aquin
Désincarnations
Icare
Incarnations
Réincarnations
Denys Arcand
L'Âge des ténèbres
Le Déclin de l'Empire américain
Les gens adorent les guerres
Les Invasions barbares
Jésus de Montréal
Gilles Archambault
À peine un petit air de jazz
À voix basse
Les Choses d'un jour
Combien de temps encore?
Comme une panthère noire
Courir à sa perte
De l'autre côté du pont
De si douces dérives
Doux dément
Enfances lointaines
En toute reconnaissance
La Fleur aux dents
La Fuite immobile
Lorsque le cœur est sombre
Les Maladresses du cœur
Nous étions jeunes encore
L'Obsédante Obèse et autres agressions
L'Ombre légère
Parlons de moi
Les Pins parasols
Qui de nous deux?
Les Rives prochaines
Stupeurs et autres écrits
Le Tendre Matin
Tu ne me dis jamais que je suis belle
Un après-midi de septembre
Un homme plein d'enfance
Un promeneur en novembre
La Vie à trois
Le Voyageur distrait
Margaret Atwood
Cibles mouvantes
L'Odyssée de Pénélope
Edem Awumey
Explication de la nuit
Mina parmi les ombres
Les Pieds sales
Rose déluge
Carl Bergeron
Voir le monde avec un chapeau
Nadine Bismuth
Êtes-vous mariée à un psychopathe?
Les gens fidèles ne font pas les nouvelles
Scrapbook
Neil Bissoondath
À l'aube de lendemains précaires
Arracher les montagnes
Cartes postales de l'enfer
La Clameur des ténèbres
Tous ces mondes en elle
Un baume pour le cœur
Marie-Claire Blais
Augustino et le chœur de la destruction
Aux Jardins des Acacias
Dans la foudre et la lumière
Des chants pour Angel
Le Festin au crépuscule
Le Jeune Homme sans avenir
Mai au bal des prédateurs
Naissance de Rebecca à l'ère des tourments
Noces à midi au-dessus de l'abîme
Soifs
Une réunion près de la mer
Une saison dans la vie d'Emmanuel
Virginie Blanchette-Doucet
117 Nord
Gérard Bouchard
Mistouk
Pikauba
Uashat
Claudine Bourbonnais
Métis Beach
Guillaume Bourque
Jérôme Borromée
Jacques Brault
Agonie
Pierre Breton
Sous le radar
Le zouave qui aimait les vélocipèdes

Chrystine Brouillet

Rouge secret

Zone grise

Natalee Caple

Il était une fois Calamity Jane

André Carpentier

Dylanne et moi

Extraits de cafés

Gésu Retard

Mendiant de l'infini

Moments de parcs

Ruelles, jours ouvrables

Nicolas Charette

Chambres noires

Jour de chance

Jean-François Chassay

L'Angle mort

Laisse

Sous pression

Les Taches solaires

Ying Chen

Blessures

Le Champ dans la mer

Espèces

Immobile

Le Mangeur

Querelle d'un squelette avec son double

La rive est loin

Un enfant à ma porte

Ook Chung

Contes butô

L'Expérience interdite

La Trilogie coréenne

Gil Courtemanche

Je ne veux pas mourir seul

Le Monde, le lézard et moi

Un dimanche à la piscine à Kigali

Une belle mort

Michael Crummey

Du ventre de la baleine

France Daigle

Petites difficultés d'existence

Pour sûr

Un fin passage

Francine D'Amour

Écrire comme un chat

Pour de vrai, pour de faux

Presque rien

Le Retour d'Afrique

Michael Delisle

Le Feu de mon père

Le Palais de la fatigue

Tiroir N° 24

Louise Desjardins

Cœurs braisés

Le Fils du Che

L'Idole

Rapide-Danseur

So long

Fred Dompierre

Presque 39 ans, bientôt 100

David Dorais et Marie-Ève Mathieu

Plus loin

Christiane Duchesne

L'Homme des silences

L'Île au piano

Mensonges

Mourir par curiosité

Danny Émond

Le Repaire des solitudes

Gloria Escomel

Les Eaux de la mémoire

Pièges

Michel Faber

La Rose pourpre et le Lys

Stéphanie Filion

Grand fauchage intérieur

Richard Ford

Canada

Jonathan Franzen

Les Corrections

Freedom

Purity

Katia Gagnon

Histoires d'ogres

La Réparation

Madeleine Gagnon

Depuis toujours

Robert Gagnon

La Mère morte

Lise Gauvin

Fugitives

Susan Glickman

Les Aventures étranges et surprenantes d'Esther Brandeau, moussaillon

Douglas Glover

Le Pas de l'ourse

Seize sortes de désir

Catherine Eve Groleau

Johnny

Agnès Gruda
Mourir, mais pas trop
Onze petites trahisons
Joanna Gruda
L'enfant qui savait parler la langue des chiens
Ghayas Hachem
Play Boys
Brigitte Haentjens
Un jour je te dirai tout
Louis Hamelin
Autour d'Éva
La Constellation du Lynx
Le Joueur de flûte
Sauvages
Le Soleil des gouffres
Le Voyage en pot
Bruno Hébert
Alice court avec René
C'est pas moi, je le jure !
David Homel
Orages électriques
Michael Ignatieff
L'Album russe
Terre de nos aïeux
Suzanne Jacob
Amour, que veux-tu faire ?
Les Aventures de Pomme Douly
Fugueuses
Histoires de s'entendre
Parlez-moi d'amour
Un dé en bois de chêne
Wells
Renaud Jean
Rénovation
Retraite
Emmanuel Kattan
Le Portrait de la reine
Les Lignes de désir
Nous seuls
Jack Kerouac
La vie est d'hommage
Thomas King
Une brève histoire des Indiens au Canada
Nicole Krauss
La Grande Maison
Bïa Krieger
Les Révolutions de Marina
Marie Laberge
Adélaïde
Annabelle
La Cérémonie des anges
Florent
Gabrielle
Juillet
Le Poids des ombres
Quelques Adieux
Revenir de loin
Sans rien ni personne
Marie-Sissi Labrèche
Amour et autres violences
Borderline
La Brèche
La Lune dans un HLM
Dany Laferrière
L'Art presque perdu de ne rien faire
Chronique de la dérive douce
L'Énigme du retour
Je suis un écrivain japonais
Pays sans chapeau
Vers le sud
Robert Lalonde
À l'état sauvage
C'est le cœur qui meurt en dernier
Des nouvelles d'amis très chers
Espèces en voie de disparition
Le Fou du père
Iotékha'
La Liberté des savanes
Le Monde sur le flanc de la truite
Monsieur Bovary ou mourir au théâtre
Où vont les sizerins flammés en été ?
Le Petit Voleur
Que vais-je devenir jusqu'à ce que je meure ?
Le Seul Instant
Un cœur rouge dans la glace
Un jardin entouré de murailles
Un jour le vieux hangar sera emporté par la débâcle
Un poignard dans un mouchoir de soie
Le Vacarmeur
Nicolas Langelier
Réussir son hypermodernité et sauver le reste de sa vie en 25 étapes faciles
Monique LaRue
Copies conformes
De fil en aiguille
La Démarche du crabe
La Gloire de Cassiodore
L'Œil de Marquise

Rachel Leclerc
Noces de sable
La Patience des fantômes
Le Chien d'ombre
Ruelle Océan
Visions volées

Robert Lévesque
Récits bariolés

Tracey Lindberg
Birdie

Alistair MacLeod
La Perte et le Fracas

André Major
À quoi ça rime?
L'Esprit vagabond
Histoires de déserteurs
La Vie provisoire

Tristan Malavoy
Le Nid de pierres

Gilles Marcotte
Le Manuscrit Phaneuf
La Mort de Maurice Duplessis et autres nouvelles
Une mission difficile
La Vie réelle

Yann Martel
Paul en Finlande

Colin McAdam
Fall

Christian Mistral
Léon, Coco et Mulligan
Sylvia au bout du rouleau ivre
Vacuum
Valium
Vamp
Vautour

Hélène Monette
Le Blanc des yeux
Il y a quelqu'un?
Là où était ici
Où irez-vous armés de chiffres?
Plaisirs et Paysages kitsch
Thérèse pour Joie et Orchestre
Un jardin dans la nuit
Unless

Pierre Monette
Dernier automne

Caroline Montpetit
L'Enfant
Tomber du ciel

Lisa Moore
Alligator
Les Chambres nuptiales
Février
Open

Pierre Morency
Amouraska

Guillaume Morissette
Nouvel onglet

Alice Munro
Du côté de Castle Rock
Fugitives
Rien que la vie

Pierre Nepveu
Des mondes peu habités
L'Hiver de Mira Christophe

Josip Novakovich
Infidélités
Poisson d'avril
Trois morts et neuf vies

Grace O'Connell
Foudroyée

Émile Ollivier
La Brûlerie

Michael Ondaatje
Divisadero
Le Fantôme d'Anil
La Table des autres

Michèle Ouimet
L'Heure mauve
La Promesse

Nathalie Petrowski
Il restera toujours le Nebraska
Maman last call
Un été à No Damn Good

Alison Pick
L'Enfant du jeudi

Daniel Poliquin
Cherche rouquine, coupe garçonne
L'Écureuil noir
L'Historien de rien
L'Homme de paille
La Kermesse
Le Vol de l'ange

Monique Proulx
Les Aurores montréales
Ce qu'il reste de moi
Champagne
Le cœur est un muscle involontaire
Homme invisible à la fenêtre

Pascale Quiviger

La Maison des temps rompus

Pages à brûler

Rober Racine

L'Atlas des films de Giotto

Le Cœur de Mattingly

L'Ombre de la Terre

Les Vautours de Barcelone

Mordecai Richler

L'Apprentissage de Duddy Kravitz

Le Cavalier de Saint-Urbain

Joshua

Le Monde selon Barney

Solomon Gursky

Noah Richler

Mon pays, c'est un roman

Yvon Rivard

Le Milieu du jour

Le Siècle de Jeanne

Les Silences du corbeau

Louis-Bernard Robitaille

Le Zoo de Berlin

Alain Roy

Le Grand Respir

L'Impudeur

Quoi mettre dans sa valise ?

Simon Roy

Owen Hopkins, Esquire

Lori Saint-Martin

Les Portes closes

Mauricio Segura

Eucalyptus

Bouche-à-bouche

Côte-des-Nègres

Oscar

Alexandre Soublière

Amanita virosa

Charlotte before Christ

Gaétan Soucy

L'Acquittement

Catoblépas

Music-Hall !

La petite fille qui aimait trop les allumettes

Jeet Thayil

Narcopolis

France Théoret

Les apparatchiks vont à la mer Noire

Une belle éducation

Marie José Thériault

Les Demoiselles de Numidie

L'Envoleur de chevaux

Pierre-Yves Thiran

Bal à l'abattoir

Miriam Toews

Drôle de tendresse

Irma Voth

Jamais je ne t'oublierai

Pauvres petits chagrins

Les Troutman volants

Su Tong

Le Mythe de Meng

Emmanuelle Tremblay

Je suis un thriller sentimental

Lise Tremblay

Chemin Saint-Paul

L'Habitude des bêtes

La Sœur de Judith

Guillaume Vigneault

Carnets de naufrage

Chercher le vent

Kathleen Winter

Annabel

Nord infini

Ce livre a été imprimé sur du papier 100 % postconsommation,
traité sans chlore, certifié ÉcoLogo
et fabriqué dans une usine fonctionnant au biogaz.

MISE EN PAGES ET TYPOGRAPHIE :
LES ÉDITIONS DU BORÉAL

ACHEVÉ D'IMPRIMER EN AOÛT 2018
SUR LES PRESSES DE MARQUIS IMPRIMEUR
À MONTMAGNY (QUÉBEC).